पुरुषार्थ-चतुष्टय की आधारभूता

सनातन संस्कृति

: एक विश्लेषण

डॉ. शारदा गौतम
डॉ. रवि कुमार मीना

प्रभाकर प्रकाशन

ISBN : 978-93-93193-36-0
eISBN : 978-93-93193-44-5

प्रकाशक : प्रभाकर प्रकाशन

पता : प्लॉट न. 55, मेन मदर डेयरी रोड,
पांडव नगर, ईस्ट दिल्ली-110092
फोन : 011-40395855
व्हाट्स ऐप : +91 8368220032
ई-मेल : sales@pharosbooks.in
वेबसाइट : www.pharosbooks.in

संस्करण : 2022

पुरुषार्थ-चतुष्टय की आधारभूता सनातन संस्कृति : एक विश्लेषण
डॉ. शारदा गौतम एवं डॉ. रवि कुमार मीना

समर्पण

वसंत ऋतु को समर्पित करते हुए हम
आग्रह करते हैं कि हमारा भारत देश
कोरोना मुक्त हो !

विषय-सूची

अमुख 5

आभार 8

सङ्केताक्षर-सूची 10

प्रथम अध्याय

सनातन संस्कृति : स्वरूप विश्लेषण 12

द्वितीय अध्याय

सनातन संस्कृति में धर्म की अवधारणा 24

तृतीय अध्याय

सनातन संस्कृति में अर्थ की अवधारणा 70

चतुर्थ अध्याय

सनातन संस्कृति में काम की अवधारणा 90

पञ्चम अध्याय

सनातन संस्कृति में मोक्ष की अवधारणा 106

सन्दर्भ-सूची 126

आमुख

संस्कृत साहित्य भारत का ही नहीं बल्कि सकल विश्व का सर्वाधिक प्राचीन, सम्पन्न एवं सर्वश्रेष्ठ साहित्य है। संस्कृत साहित्य प्राचीन भारतीय ज्ञान-विज्ञान की परम्परा है तथा यही इनके स्रोत हैं। वैदिक साहित्य समस्त ज्ञान का भण्डार है। विद्वानों ने मनुष्य जीव को सफल, सुनियोजित, सामंजस्यपूर्ण और व्यवस्थित करने हेतु पुरुषार्थ रूप मूल्य की योजना की है। संस्कृत भाषा में सम् उपसर्ग पूर्वक 'कृ' धातु में क्तिन् प्रत्यय के योग से संस्कृति शब्द निष्पन्न होता है। संस्कृति जीवन की विधि है। जो भोजन हम खाते हैं, जो कपड़े हम पहनते हैं, जो भाषा हम बोलते हैं और जिस भगवान की हम पूजा करते हैं, ये सभी संस्कृति के पक्ष हैं। सरल शब्दों मे हम कह सकते हैं कि संस्कृति उस विधि का प्रतीक है जिसमें हम सोचते हैं और कार्य करते हैं। इसमें वह सभी वस्तुएँ सम्मिलित हैं जो हमने एक समाज के सदस्य के नाते उत्तराधिकार में प्राप्त की हैं। एक सामाजिक वर्ग के सदस्य के रूप में मानवों की सभी उपलब्धियाँ संस्कृति के रूप में स्वीकार की जा सकती हैं। कला, संगीत, साहित्य, वास्तुविज्ञान, शिल्पकला, दर्शनशास्त्र, धर्म और विज्ञान सभी संस्कृति के पक्ष हैं। फिर भी संस्कृति में रीतिरिवाज, परम्पराएँ, पर्व, जीने के तरीके, और जीवन के विभिन्न पक्षों पर व्यक्ति विशेष का अपना दृष्टिकोण भी सम्मिलित हैं। व्युत्पति की दृष्टि से पुरुषार्थ दो शब्दों से मिलकर बना है - 'पुरुष' और 'अर्थ'। 'अर्थ' की व्युत्पत्ति की दृष्टि से '**यतः सर्वप्रयोजन सिद्धिः स अर्थः**' अर्थ मनुष्य के भोग,

आरोग्य और धर्म का मुख्य साधन है। अर्थ का तात्पर्य अभिलषित वस्तु से भी लगाया जाता है, **"अर्थ्यते प्राप्यर्थे सर्वैः इति अर्थः"** अर्थात् जिसे प्राप्त करने की अभिलाषा सब करते हैं उसे अर्थ कहते हैं। पुरुषार्थ की व्युत्पत्ति स्पष्ट हो जाती हैं – **"पुरुषाणाम् अर्थः पुरुषार्थः"** अथवा **"पुरुषैः अर्थ्यते इति पुरुषार्थः"** भारतीय संस्कृति में जीवन को सर्वप्रकारेण आनन्दपूर्ण मनाने के लिए पुरुषार्थ चतुष्टय- धर्म, अर्थ, काम, मोक्ष की उद्भावना को रखा गया है। सबसे पहले धर्म की अवधारणा है। यदि धर्म को सर्वप्रथम न रखा गया होता तो अर्थ और काम इनके पीछे-पीछे भागते रहने से समाज में अव्यवस्था फैल जाती। मानव अर्थ के पीछे ही भागता रहता और जीवन का अन्तिम लक्ष्य मोक्ष को भुला बैठा है। अर्थ और काम की उपासना तो विकृत जीवन को आमन्त्रण देना है। इसलिए हमारी संस्कृति में तो सर्वप्रथम धर्म को प्राथमिकता दी गई है। पहले धर्म फिर उसके बाद ही अर्थ और काम की उपासना के लिए कहा गया है। अर्थ और काम के बिना जीवन चलने वाला नहीं है। मानव अर्थ और काम से मुक्त तो नहीं हो सकता। ये दोनों पुरुषार्थ आवश्यक हैं। काम की प्रबलता से सामाजिक मर्यादाएँ ध्वस्त हो जाती हैं, समाज में उच्छृंखलता का परिवेश बढ़ जाता है। आज समाज में इन्हीं दोनों पुरुषार्थों के पीछे, मोक्ष के कल्याणकारी पुरुषार्थ की उपेक्षा से भ्रष्टाचार और व्यभिचार बढ़ता जा रहा है। इस कारण मानव आन्तरिक रूप से बेचैन है, अशांत है और विभ्रम की स्थिति तक पहुँच गया है। धर्म का अंकुश ऐसा हथियार है जो कलुषित भावनाओं और अनियंत्रित आर्थिक अभिलाषाओं पर नियंत्रण रखकर जीवन को सरल, शांत और आनन्दमय बनाए रखने के लिए आदेशित करता है। धर्म के लिए कहा गया है- जिससे अभ्युदय

और नि:श्रेयस यानी लौकिक और पारलौकिक, दोनों की सिद्धि हो वह धर्म है। मोक्ष प्राप्त करना अन्तिम लक्ष्य है, जबकि धर्म धारण करना सर्वप्रथम उद्देश्य है। इसलिए कि भारतीय संस्कृति में विश्वकल्याण की बात **सर्व भूत हिते रत**: और **सर्वे भवन्तु सुखिन**: की व्यापक अवधारणा को व्यवहृत करने के लिए धर्म की प्राधान्यता की गई है।

आभार

किसी भी कार्य को सिद्ध करने के लिये उसमें प्रत्यक्ष या अप्रत्यक्ष रूप से बहुत सारे लोगों का योगदान होता है। सर्वप्रथम मैं डॉ.शारदा गौतम अपने माता-पिता **श्रीमति कलावती देवी** एवं **श्री बिरजूराम** तथा मैं डॉ.रवि कुमार मीना अपने माता-पिता **श्रीमति रतनबाई मीना** एवं श्री **छोट्याराम मीना** का हृदय से आभार व्यक्त करती/करता हूँ आप दोनों के आशीर्वाद से ही हम इस कार्य को करने में समर्थ हो सके हैं। तत्पश्चात् मैं अपने जीवन-साथी **श्रीमान् आकाश जी**, पुत्री **अग्रिमा** एवं पुत्र **सारस्वत** तथा मैं अपनी जीवन-संगिनी **शीला जी** को हृदय से धन्यवाद देती/देता हूँ। हम अपने परिवार के अन्य सदस्यों जिनका सहयोग प्रत्यक्ष एवं अप्रत्यक्ष रूप से मिलता रहा है उनका भी हृदय से धन्यवाद करते हैं। गुरु की शिक्षा और आशीर्वाद के बिना कोई भी कार्य सम्भव नहीं होता है। मैं अपने शोधनिर्देशक **प्रो.रजनीश कुमार मिश्र** एवं **प्रो.दया शंकर तिवारी** सर का हृदय से आभार व्यक्त करती/करता हूँ।

हम दौलतराम महाविद्यालय की प्राचार्या **प्रो. सविता राय** का हृदय से धन्यवाद करते हैं। प्रत्यक्ष एवं अप्रत्यक्ष रूप से आपका सहयोग हमेशा मिलता रहा है। हम **माननीया माधवी मराठे** दीदी (अखिल भारतीय संगठन सचिव, संवर्धिनी न्यास) का धन्यवाद करते हैं। हम अपने भाई **डॉ. सौरभ जी** का हृदय से आभार

व्यक्त करते हैं। हम अपने मित्रों के प्रति आभार-व्यक्त करना अपना दायित्व समझते हैं। **श्रीमान् अजय जी, श्रीमान् आशुतोष अवस्थी जी एवं डॉ. हैदर भाई जी** का हृदय से धन्यवाद करती/करता हूँ। साथ ही दिल्ली विश्वविद्यालय के **प्रो.अजय कुमार भागी** एवं **प्रो.वीरेन्द्र सिंह नेगी** जी का आभार व्यक्त करना अपना दायित्व समझते हैं।

छात्रों के प्रति स्नेहशील हृदय संस्कृत विभाग के विभागाध्यक्ष आदरणीय **प्रो. रमेश चन्द्र भारद्वाज** जी के प्रति कृतज्ञता ज्ञापित करते हैं जिनका आशीर्वाद हमेशा हम पर बना रहता है। हम विशेष रूप से **प्रो.ओमनाथ बिमली** जी, **प्रो.भारतेन्दु पाण्डेय** जी, **प्रो.रणजित् बेहेरा** जी, **प्रो.रंजन कुमार त्रिपाठी** जी, **प्रो.मीरा द्विवेदी**, **प्रो.सत्यपाल सिंह**, **डॉ.टेकचन्द मीणा**, **डॉ.सुभाष** जी, **डॉ.सोमवीर** जी, **डॉ.उमाशंकर** जी, **डॉ.श्रुति राय** जी तथा अन्य विभागीय प्राध्यापकों का हृदय से आभार व्यक्त करते हैं।

सबसे बड़ा कार्य प्रकाशन का होता है। इस पुस्तक को इस प्रकार सौन्दर्य स्वरूप देने हेतु मैं प्रभाकर प्रकाशन का हृदय से आभार व्यक्त करती/करता हूँ। यदि इस पुस्तक में कोई त्रटि है तो आप सभी विद्वानों के सुझाव आमन्त्रित हैं।

डॉ. शारदा गौतम एवं डॉ. रवि कुमार मीना

1 मार्च, 2022 Email ID : sharda84gautam@gmail.com

दिल्ली Email ID : karauliravi219@gmail.com

सङ्केताक्षर-सूची

अ.को.	अमरकोष
अ.पु.	अग्निपुराण
ऋ.प्रा.	ऋग्वेदप्रातिशाख्य
ऋ.भा.भू.	ऋग्वेद भाष्य भूमिका
ऋ.सं.	ऋग्वेद संहिता
ऐ.आ.	ऐतरेय आरण्यक
ऐ.ब्रा.	ऐतरेय ब्राह्मण
तै.सं.	तैत्तिरीय संहिता
ना.टी.	नारायणी टीका
ना.महा.	नारदीय महापुराण
ना.शा.	नाट्यशास्त्र
नि.	निरुक्त
नि.सू.	निदानसूत्र
पा.	पाणिनिसूत्र
पा.शि.	पाणिनीयशिक्षा
प्र.पै.	प्राकृतपैङ्गल
प्रा.सं.को.	प्राचीन संस्कृत कोश
मा.शत.ब्रा.	माध्यन्दिन-शतपथब्राह्मणम्

मै.सं.	मैत्रायणी संहिता
वा.पु.	वामनपुराण
वै.सा.सं.	वैदिक साहित्य और संस्कृति
सं.शा.इ.	संस्कृत शास्त्रों का इतिहास
भा.सं.	भारतीय संस्कृति
स.सं.	सनातन संस्कृति

पुरुषार्थ-चतुष्टय की आधारभूता

सनातन संस्कृति

: एक विश्लेषण

प्रथम अध्याय

सनातन संस्कृति : स्वरूप विश्लेषण

'पुरुष' शब्द की व्युत्पत्ति है- **पुरि शेते इति- पुरुषः।'** अर्थात् जो इस पुर में शरीर में सोया हो, प्रवेश किया हो, शरीर में अवस्थित हो, उस चैतन्याश जीव को 'पुरुष' कहते है। इस व्युत्पत्ति के अनुसार पुरुष शब्द का यौगिक अर्थ तो जीवमात्र है। किन्तु '**पुरुषत्वे चाविस्तरामात्मा।1 पुरुषत्वे च मां धीराः।' 'बह्वयः सन्ति पुरः सृष्टास्तासां में पौरुषी2 प्रिया।' पुरं3 पुरुषमात्मवान्।'** इत्यादि प्रसङ्गों में योग-रूढि के अनुसार पुरुष शब्द मुख्यतया मनुष्यवाची इत्यादि है। अतः ऐसे शास्त्रीय प्रसङ्गों में पुरुष शब्द का अर्थ जीव साधारण न होकर मनुष्य होता है। इसके अनुसार 'पुरुषार्थ' पद में जुड़ा हुआ पुरुष शब्द मनुष्यवाची है। इसलिए यहाँ पुरुष शब्द का अर्थ-मनुष्य अर्थात् नर-नारी है। '**अर्थ्यते प्रार्थ्यते सर्वैः इति अर्थ.**' इस व्युत्पत्ति के अनुसार अभिलषित विषयों को अर्थ कहते है। और '**पुरुषाणाम् अर्थः पुरुषार्थः।**' इस व्युत्पत्ति के अनुसार जो पुरुषों से चाहा जाय, अर्थात् मनुष्य जिस फल की इच्छा करे, उसका नाम है- 'पुरुषार्थ।' इस दृष्टि से तो प्राय संसार भर के सभी विषय पुरुषों के अभिलषित है, परन्तु वेद, शास्त्र एवं सम्पूर्ण संस्कृत-वाङ्मय में पुरुष के मनुष्य जीवन के सभी अभीष्टों में मुख्य अभीष्ट केवल चार ही बतलाये गये है। अतः मनुष्य के जो प्रधान अभिलषित विषय है, उन्हें पुरुषार्थ कहते है।

ये अभिलषित चार है- धर्म, अर्थ, काम और मोक्ष। अतः इन्हीं को चार पुरुषार्थं कहते है। इनके सम्पादन करने की शक्ति केवल4 पुरुष में ही विद्यमान है, अतः सभी जीव इनका सम्पादन नहीं कर सकते हैं। केवल मनुष्य ही इनका सम्पादन कर सकते है। इसीलिए इन्हें5' पुरुषार्थ' कहा जाता है। पुरुष अर्थात् मनुष्य यानी सभी नर-नारी जिन-जिन सुख और सुख साधनों की विशेष अभिलाषा करते हैं, उनको पुरुषार्थ कहते हैं। वास्तव में मनुष्य संसार में उत्पन्न होकर जो भी चाहता है, उन सभी का लक्ष्य इन चारों में से कोई न कोई होता है। कोई मनुष्य धर्म को लक्ष्य करता है, कोई काम की सिद्धि को चाहता है, और कोई मोक्ष की अभिलाषा करता है। भगवान् उनकी इच्छानुसार उन्हें यह चतुवर्ग फल प्रदान करते है। **'पुंसाभमायिनां सम्यग् भजतां भाववर्धनः। श्रेयो दिशत्यभिमतं यद् धर्मादिषु देहिनाम्।।6'** अतः जगत् में धर्म, अर्थ, काम ओर मोक्ष यह चतुर्वर्ग ही समस्त मनुष्यों की सम्पूर्ण चेष्टाओं का लक्ष्य है। चतुर्वर्ग का अधिकारी केवल पुरुष ही क्यों है, इस प्रश्न का उत्तर यह है कि,

जगद् रचयिता ने इस संसार में असङ्ख्य योनियों में, तरह-तरह के एक-से-एक विलक्षण अनन्ता-नन्त जीव रचे हैं। बहुत ही शक्तिशाली दैत्य-दानव एव दिव्यातिदिव्य देव-जाति का उसने निर्माण किया, तथापि इससे उसको सन्तोष नहीं हुआ। क्योंकि इन सब प्राणियों में अपने-अपने जीवन के व्यवहारोपयोगी विषयों तथा उन्हें प्राप्त करने के उपायों का परिज्ञान होते हुए, एक बात की कमी थी- ''जिस उद्देश्य से ईश्वर ने प्राणियों की सृष्टि की थी। परमात्मा ने प्राणियों के लिए बुद्धि, इन्द्रिय, मन और प्राणों का निर्माण किया है। इनमें से प्राणों के द्वारा वे जीवन-धारण,

इन्द्रियों के द्वारा सत्शास्त्र का श्रवण, मन के द्वारा तत्त्व का चिन्तन और मनन तथा बुद्धि के द्वारा तत्त्व का निश्चय करके आत्मा का साक्षात्कार कर सकते है। इन चार उद्देश्यों में से अन्तिम उद्देश्य-'अकल्पनाय' को पूर्ण कर सकने की साधन सम्पत्ति पूर्ण रूप से उनमें से किसी में भी विद्यमान नहीं थी। बस, इसी एक बड़ी भारी अपूर्णता से उन्हें देखकर विधाता को सन्तोष नहीं हुआ। तब उन्होंने बहुत सोच समझकर आखिर में पुरुष का अर्थात् मनुष्य का आविर्भाव किया, जिसे देखकर उनको अत्यन्त अधिक प्रसन्नता हुई। क्योंकि पुरुष के अन्दर उनको अपनी जीव-सृष्टि के मुख्य प्रयोजन अर्थात् जीव की उस अपूर्णता को दूर करके, उसे पूर्ण बना देने की साधन-संपत्ति, अर्थात् ईश्वर का साक्षात्कार कर लेने की बुद्धि दिखलायी पड़ी-

तैस्तै रतुष्टहृदयः पुरुष विधाय ब्रह्मावलोकधिषणं मुदमाप देवः।।7

इसी एक बड़ी विशेषता के कारण केवल पुरुष ही पूर्वोक्त चतुर्वर्ग के उपार्जन का मुख्य अधिकारी है और एकमात्र मनुष्य योनि ही सव योनियों में श्रेष्ठ है। मनुष्य में आत्म-कल्याण के एक से एक उत्कृष्ट साधन विद्यमान है। इसमें आत्म-साक्षात्कार कर सकने की बुद्धि है। इसीलिए जगत् के रचयिता को अपनी रची हुई एक से एक सुन्दर रचनाओं में यह मनुष्य शरीर ही सबसे अधिक प्रिय लगी।

परमपिता परमात्मा को यह पुरुष शरीर सबसे अधिक प्रिय है। क्योंकि यह शरीर मुख्यतया उन्होंने अपने लिए बनाया है। श्रीमद्भागवत में कहा है कि, जब ब्रह्माजी अपने को कृतकृत्य जैसा समझकर बड़ी प्रसन्न मुद्रा में थे, तब सारी सृष्टि के

अन्त में उन्होंने अपने मन से, अर्थात् मन शक्ति से विश्व की अभिवृद्धि करने वाले मनुओं को रचकर उन्हें अपना वह पुरुषाकार शरीर दे दिया। तब मनुओं को उस पुरुषाकार शरीर में, अर्थात् पुरुषाकृति में देखकर उनसे पहले उत्पन्न हुए देव, गन्धर्व आदि सबने मिलकर बड़े हर्ष से ब्रह्मदेव को धन्यवाद दिया कि- प्रभो आपकी यह सृष्टि अर्थात् पुरुष शरीर की रचना बड़ी ही सुन्दर है- इससे अधिक उत्कृष्ट रचना कोई हो ही नहीं सकती है। इस पुरुष शरीर में, अर्थात् नर-शरीर में प्राणियो के अभ्युदय और नि:श्रेयस के सब साधन विद्यमान है। अत: इसकी सहायता से हम लोग भी अपना-अपना हविर्भाग ग्रहण कर सकेंगे।

अहो एतज्जगत्सृष्टः सुकृतं बत ते कृतम्।

प्रतिष्ठिताः क्रिया अस्मिन् साकमन्नमदामहे।।8'

उन, मनुष्य शरीर की आकृति वाले, मनुओं से ही हम सब मनुष्य उत्पन्न हुए है। इसलिए उसी समय से **मनोः अपत्यं मानवः**' इस व्युत्पत्ति के अनुसार सभी पुरुष अर्थात् मनुष्य9 'मानव' कहलाते है। अत: पुरुष की मनुष्य शरीर की इस विशेषता का वर्णन करते हुए 'ऐतरेय ब्राह्मण' में स्वीकार किया गया है कि- 'यह पुरुष परमात्मा का प्रकाश स्थान है, इसमें परमात्मा प्रकाशित होती है'- ''**विज्ञात वदति विज्ञातं पश्यति। पशवः न विज्ञानं वदन्ति न विज्ञातं पश्यन्ति।**'' अर्थात् मनुष्य शरीर में आत्मा का आविर्भाव इतर सब प्राणियों में से अधिक है। उसमें ज्ञान भी है और प्रज्ञान भी है। जीव के आत्मज्ञान का प्रारम्भ मनुष्य योनि में पहुँचने पर ही होता है। मनुष्य जानता है, देखता है, बोलता है और साथ ही वह यह भी समझता है

कि- मैं जान रहा हूँ, देख रहा हूँ, बोल रहा हूँ। पशु जानते है, देखते है, और बोलते है। परन्तु वे यह नहीं समझते कि हम जान रहे है, देख रहे है और बोल रहे है। इस तरह मनुष्य और इतर प्राणियों में ज्ञान के विकास का तारतम्य है। मनुष्य में ज्ञान का अत्यन्त विकास है। इसी एक अद्भुत विलक्षणता के कारण परमात्मा को यह शरीर सबसे अधिक प्रिय है।

भगवान् श्रीकृष्ण ने स्वयं कहा है कि- ''पुरुष में अर्थात् मनुष्य शरीर में विवेकी पुरुष इन्द्रियशक्ति, मन शक्ति आदि के आश्रयभूत मुझ आत्मतत्त्व का पूर्णत साक्षात्कार कर लेते है। मैंने एक पैर, दो पैर, तीन पैर, चार पैर, बहुत पैर, और बिना पैर वाले-अनेकों प्रकार के शरीरों का निर्माण किया है, परन्तु उन सब में मुझे सबसे अधिक प्रिय यह पुरुष शरीर अर्थात् मनुष्य शरीर ही है। क्योंकि इस शरीर में बुद्धिमान् पुरुष एकाग्रचित्त होकर, अनुमान से अग्राह्य अर्थात् अंहकार के विषयों से भिन्न, सर्वप्रवर्तक ईश्वर का स्पष्ट साक्षात्कार कर सकते हैं। अतः ईश्वर की सारी सृष्टि में, सबसे बुद्धिमान् प्राणी पुरुष ही है। और एकमात्र मनुष्य शरीर ही मुख्यतया आत्मज्ञानोपयोगी होने से सब योनियों में सर्वोत्तम माना गया है। इसी कारण यह 84 लाख योनियों में सबसे अधिक दुर्लभ है।

संसार की विविध-विविध योनियों में भटकते हुए जीव को, अनेकानेक पुण्यकर्मों के प्रभाव एव परमेंश्वर के महान् अनुग्रह से ही यह शरीर प्राप्त होता है। भूत-प्रेत, पिशाच, पशु-पक्षी, यक्ष-राक्षस, देव-दानव आदि कोई भी जीव पुरुष की बराबरी नहीं कर सकते। अतः इस संसार में मनुष्य जन्म पा लेना, जीव के लिए

सबसे बड़ा लाभ है। इसकी सर्वोत्कृष्टता और दुर्लभता के विषय में भगवान् ने स्वयं ही कहा है कि- **अस्मिल्लोके वर्तमानः स्वधर्मस्थोऽनघः शुचिः। ज्ञानं विशुद्धमाप्नोति मद्भक्तिं वा यदृच्छया।। स्वर्गिणोऽप्येतदिच्छन्ति लोकं निरयिणस्तथा। साधकं ज्ञानभक्तिभ्यामुभयं तद्साधकम्।।**10 अर्थात् इस मनुष्य शरीर में रहने वाला पुरुष निर्मल और निष्पाप होकर, अनायास ही विशुद्ध आत्म-ज्ञान अथवा मेरी भक्ति को प्राप्त कर लेता है। इसीलिए स्वर्ग-नरक आदि सभी लोकों में रहने वाले सभी जीव इस शरीर को प्राप्त करना चाहते है। यह मनुष्य शरीर विधि-निषेधरूप कर्मों का अधिकारी है, अतः यह अत्यन्त दुर्लभ है। इसी शरीर में अन्तःकरण की शुद्धि होने पर ज्ञान और भक्ति प्राप्त होती है, अन्य सब शरीर भोग प्रधान है- अतः इनसे जीवों का आत्म-कल्याण नहीं हो सकता। इसलिए महर्षि व्यास ने कहा है कि- **विचित्रा शरीरसम्पत्ति-रीश्वराय निवेदितुम्। पूर्वमेंव कृता ब्रह्मन् हस्तपादादिसंयुता।।**' अर्थात् इस भयङ्कर संसृतिचक्र में भटक-भटककर दुःखाकुल हुए जीव पर अत्यन्त करुणार्द्र होकर भगवान् ने उसके उद्धार के लिए ईश्वर से आत्मनिवेदन करने के लिए सुन्दर साधनों से सम्पन्न यह अत्यन्त विलक्षण मानव शरीर बनाया है। निश्चय ही यह मनुष्यभव बहुत दुर्लभ है और सभी प्राणियों को यह बहुत दीर्घकाल के बाद मिलता है।

कर्मों के फल बड़े गाढ-तीव्र होते है। इसी से देवी भागवत में कहा है कि, 'इस अस्थिर एव अनित्य मानव शरीर को पा करके इसके द्वारा नित्य, शाश्वत सत्य तत्त्व को जानकर अवश्य ही आत्म-कल्याण कर लेना चाहिए। क्योंकि मनुष्य जन्म का मुख्य कर्त्तव्य यही है'- **'दुर्लभो मानुषो देहो देहिनां क्षण-भङ्गुरः।**

तस्मिन् प्राप्ते तु कर्तव्यं सर्वथैवाऽऽत्मसाधनम्।।' मनुष्य जीवन तत्त्व की जिज्ञासा, सत्य के अन्वेषण करने के लिए है? केवल नश्वर सुखों के उपभोग मात्र के लिए नहीं। इसका मुख्य फल है- धर्म का उपार्जन करके अखण्ड आध्यात्मिक सुख को, अर्थात् सच्चे सुख को, सच्ची शान्ति को प्राप्त कर लेना। इसी से यह जीव जन्म-मरण की अनादि दु:ख परम्परा से मुक्त होकर सर्वदा के लिए सुखी हो जाता है। इसीलिए महर्षि शुक मुनि ने, श्रीमद्भागवत में कहा है कि- 'यह मनुष्य योनि ज्ञान और विज्ञान का मूल स्त्रोत है। जो इसे पाकर भी अपने आत्म स्वरूप परमात्मा को नहीं जान लेता, उसे फिर कहीं, किसी भी जन्म में शान्ति नहीं मिल सकती'- **लब्ध्वेह मानुषी योनि ज्ञान-विज्ञानसम्भवाम्। आत्मानं यो न बुध्येत न कचिच्छममाप्नुयात्।।**

अर्थात् संसार के अन्तर्गत जीव की जितनी भी उन्नतियाँ है, वे सभी द्वैत एवं दु:ख रूप होने के कारण उनसे जीव को अनन्त सुख और चिर शान्ति नहीं प्राप्त हो सकती। दु:खों की आत्यन्तिक निवृत्ति, अर्थात् मोक्ष-की प्राप्ति तो केवल एक आत्म-तत्त्व के साक्षात्कार से ही हो सकती है। इसीलिए विवेकी पुरुष मासारिक नश्वर पदार्थोंकी आसनिको त्यागकर मुख्यतया अखण्ड आत्मतत्त्व के ही अन्वेषण में प्रवृत्त होते है। इसीलिए श्रुति ने कहा है- **'श्रेयश्च प्रेयश्च मनुष्यमेंतः तौ सम्परीत्य विचिवनक्तिघोरः। श्रेयो हि धीरोऽभिप्रेयसो वृणीते प्रेयो मन्दो योगक्षेमाद् वृणीते।।'**

आत्मा स्वरूप को जैसा मानता है, उसके अनुसार ही पुरुषार्थ में उसकी

रुचि होती है। जीवात्मा स्व-स्वरूप को यदि शरीर समझता है, तो शरीर के अनुकूल खान-पान में ही उसकी रुचि होती है उसे ही वह पुरुषार्थ मानता है। यदि आत्मा स्व-स्वरूप को देहादि से व्यतिरिक्त, स्थायी तथा परलोक में जाने-आने वाला मानता तो पारलौकिक पुरुषार्थ में उसकी रुचि होती है उसे ही वह पुरुषार्थ मानता है। अत: यह सिद्धान्त सबको मान्य है कि जीव आत्माभिमान के अनुसार ही पुरुषार्थ स्वीकार करता है। अत: प्रत्येक पुरुष को अर्थात् प्रत्येक नर-नारी को यानी मनुष्य समाज को, मानव-जीवन का लक्ष्य निश्चित करके उसे सफल करने का पूर्ण प्रयत्न करना चाहिए। उसकी सफलता के लिए प्रत्येक नर-नारी को शास्त्र-विधि के अनुसार अपने-अपने कर्तव्यों का यथोचित पालन करना चाहिए। स्वकर्तव्य के पालन करने से ही मनुष्यों का अन्त:करण विशुद्ध होता है, उसी से भगवान् की प्रसन्नता होती है। और भगवान् के अनुग्रह से ही मनुष्य सर्वविध दु:खों से मुक्त होता है। समस्त संसार भगवान् का ही विराट् रूप है। सभी प्राणियों और सभी वस्तुओं में भगवान् ही विद्यमान है। अत: प्रत्येक मनुष्य को सभी प्राणियों के प्रति अपना शुद्ध कर्तव्य का आचरण करके, अपने सद्व्यवहार से, परमात्मा को प्रसन्न करना चाहिए। मनुष्य-जन्म पाकर दुष्कीर्ति दुराचार और लोकापवाद आदि दोषों से बचना चाहिए। दुर्गुणों और दोषों से बचना बड़े भाग्य का फल है। अत: विवेकी पुरुषों को इस अतीव दुर्लभ मनुष्य जीवन के मुख्य उद्देश्य को लक्ष्य में रखकर, उसके अनुकूल त्रिवर्ग का उपार्जन अर्थात् निष्काम भाव से धर्मादि का आचरण करते हुए, आत्म-ज्ञान को सम्पादन करके इस मानव जीवन को सफल करके कृतकृत्य होना चाहिए। यही जीवों के सकल दु:खों की निवृत्त का उपाय है। आत्म-ज्ञान ही विश्व के जीवों को

शाश्वती शान्ति प्रदान करता है- '**भूयश्चान्ते विश्व मायानिवृत्तिः।**' यह ही मानव-जीवन का सर्वोच्च लक्ष्य है। इसकी सफलता के लिए मनुष्यों को सद्विद्या का अभ्यास, सच्छास्त्रों का श्रवण और सत्पुरुषों एव विद्वज्जनों का सङ्ग करना चाहिए। इसी में मानव-जीवन का पूर्ण हित निहित है।

पुरुषार्थ में पुरुष की प्रवृत्ति सुख के लिए होती है। क्योंकि जीवमात्र को सुख अत्यन्त अभीष्ट है। सुख दो प्रकार का होता है- (1) विषय-सुख और (2) आत्म-सुख। शरीर में रहने वाली ज्ञानेन्द्रियों और कर्मेन्द्रियों का विषयों के साथ सम्पर्क होने से जो सुख प्राप्त होता है, उसको कहते है- विषय-सुख, अर्थात् विषयानन्द। इन विषयों और क्रियाओं से ऊबकर अर्थात् थककर- 'मैं यह शरीर नहीं हूँ, प्रत्युत इन शरीर, इन्द्रिय आदि अतिरिक्त आत्मा हूँ'- ऐसा दृढ़ निश्चय होकर, सांसारिक विषय वासनाओं से विरहित होकर अपने वास्तविक शुद्ध आत्मा में, अर्थात् स्व-स्वरूप में पुरुष की जो स्थिति है- उसको कहते है- ब्रह्मानन्द। इस दृष्टि से पुरुष के मुख्य अभिलषित अर्थ केवल दो ही है- (1) काम और (2) मोक्ष। इन दो पुरुषार्थों के दो साधन है- (1) धर्म और (2) अर्थ। अतः इन उपेय और उपाय रूप अर्थात् दो साध्य और दो साधन रूप जोड़ों को, मिला देने से पुरुष के चार अभिलषित होते हैं।

इनमें से, अर्थ का अभिप्राय है- धन। धन का अर्थ होता है-'**दधन्ति फलति इति धनम्।**' अर्थात् फलने वाली वस्तु। यानी धन, धान्य आदि जीवन व्यवहारोपयोगी समस्त भोग वस्तुओं के विनिमय का साधन। सुपरिष्कृत नाम सुख की सिद्धि बिना धन के, अर्थात् बिना विविध प्रकार की सम्पत्ति के हो ही नहीं

सकती। अतः सुसंस्कृत विषय सुख का (काम का) साधन अर्थ यानी धन है। और सभ्य मनुष्य का अनुरूप धन, बिना धर्म के सुस्थिर नहीं हो सकता, इसलिए दयामय परमेंश्वर ने कामरूप पुरुषार्थ के तीन अङ्ग बना दिये है- धर्म, अर्थ और काम। इन तीनों में भी सबसे अधिक जोर धर्म पर दिया है, उससे कम अर्थ पर और सबसे कम काम पर। क्योंकि काम की ओर तो मनुष्य की प्रवृत्ति स्वभावतः ही हो जाती है, उससे कम अर्थ की ओर और सबसे कम धर्म की ओर, इस त्रिवर्ग की सिद्धि का नाम है- अभ्युदय।

इसके अतिरिक्त चतुर्थ पुरुषार्थ-मोक्ष की सिद्धि का नाम है- निःश्रेयस संसार में मनुष्य का अभित सब ओर से उदय होना, अर्थात् सब प्रकार से उन्नति को प्राप्तः होना, उन्नत होना 'अभ्युदय' कहलाता है। और **'नास्ति श्रेयान् यस्मात् तत् निःश्रेयसम्।'** जिससे बढ़कर और कोई भी श्रेयान् अर्थात् श्रेष्ठतम फल न हो, उसकी प्राप्ति को 'निःश्रेयस' अर्थात् मोक्ष कहते है। त्रिवर्ग में वैषयिक सुखोपभोग को 'काम' कहते है। काम दो प्रकार का है- दिव्य और अदिव्य, अर्थात् स्वर्गीय सुख और भूलोक का सुख। यह दोनों ही प्रकार का काम-सुख उपेय है, अर्थात् साध्य है। इसके साधन है- धर्म और अर्थ। अतः साध्य और साधनरूप इन तीनों पुरुषार्थों का, अर्थात् धर्म, अर्थ और काम का नाम- 'त्रिवर्ग' है।

इस त्रिवर्ग के साथ चतुर्थ पुरुषार्थ मोक्ष को मिला देने से 'चतुर्वर्ग' हो जाता है- **'त्रिवर्गो धर्मकामार्थः चतुर्वर्गः समोक्षकः।'** इस चतुर्वर्ग को ही चार पुरुषार्थ कहा जाता है। ये चारों पुरुषार्थ ही मनुष्य जीवन के मुख्य उद्देश्य है। इनमें से कोई

मनुष्य तो अर्थ को चाहते है, कोई काम को अर्थात् सुख को चाहते है और कोई इन दोनों के मूल धर्म को चाहते है। क्योंकि धर्म के प्राप्त हो जाने पर अर्थ और काम जो उससे अपने आप ही सिद्ध हो जाते है। कई लोग धर्म, अर्थ, और काम इन तीनों को चाहते है। इस प्रकार 'त्रिवर्ग' को तो सभी चाहते है। क्योंकि लौकिक तथा पारलौकिक जितने भी सुख है, उन सबकी प्राप्ति का एकमात्र साधन 'त्रिवर्ग' ही है। और त्रिवर्ग का विधिवत् उपार्जन होने पर पुरुष अन्तिम पुरुषार्थ (मोक्ष) को अनायास ही प्राप्त कर लेता है। अत: मनुष्य का मुख्य कर्त्तव्य त्रिवर्ग का यथोचित अनुष्ठान करना है। इसी से मानव जीवन की सफलता है। यही इस मानव जीवन को कृतकृत्य करने की कुञ्जी है।

●●●

समाप्ति नोट (Endnote):-

1. श्रीमद्भागवत-11.7.21.
2. 7.11.22.
3. 3.20.50.
4. पुरुषों अर्थात् मानव समाज के अभिलषित विषय। पुरुषेण प्रार्थ्यानि श्रेयासि (फलानि)।
5. (श्रीमद्भाग. 4.8.60)।
6. (श्रीमद्भाग. 10.87.2)।
7. (श्रीमद्भागवत 11.9. 28)।
8. (श्रीमद्भाग. 3.20.49, 50, 51)।
9. इसी अभिप्राय से महर्षि यास्कने 'मनुष्य' शब्द का निर्वचन करते हुए निरुक्त में कहा है कि-'मनुष्या कस्मात्? मत्वा कर्माणि सीव्यन्ति-(ज्ञात्वा कर्माणि सीव्यन्ति-तक्ष्यन्तीत्यर्थ.।) अथवा-मनस्यमानेन प्रजापतिना सृष्टाः। मनस्पति. पुनरय धातु मनस्वीभावे मनस्वीभावो नाम प्रहृष्टेन = प्रहृष्यता प्रजापतिना एते सृष्टा.। अथवा मनोरपत्यानि मनुष्याः। (निरुक्त-3 अ. 2 पा. 1)।
10. (**भागवत** -11.20.11, 12)।

द्वितीय अध्याय

सनातन संस्कृति में धर्म की अवधारणा

मनुष्य जीवन के प्रथम पुरुषार्थ के रूप में धर्म को स्वीकार किया गया है। भारतीय परम्परा में 'धर्म' शब्द अत्यन्त व्यापक अर्थों में प्रयुक्त हुआ है। 'धर्म' संस्कृत शब्द है, यह शब्द 'धृ' धातु से बना है जिसका अर्थ है- धारण करना, पालन करना। संसार में जो मनुष्य जहाँ भी, जिस परिस्थिति में है, वहाँ से ऊपर उठने की, उन्नति को प्राप्त करने की, अर्थात् अपने अभ्युदय की लालसा उसको लगी रहती है। मनुष्य की उस अभिलषित उन्नति का जो मुख्य साधन है, वही1 धर्म है। और जो इसके विपरीत फलवाला है, मनुष्य की अवनतिका-अधोगति का कारण है, उसका नाम है- अधर्म। इसीलिए महर्षि कपिल ने मनुष्य की उन्नति और अवनति को धर्म और अधर्म का फल बतलाया है- **'धर्मेण गमनमूर्ध्वे गमनमधस्तात् भवस्यधर्मेण।2'** वायुपुराण के अनुसार- **'धारणाद् धृतिरित्यर्थाद् धातोर्धर्मः प्रकीर्तितः। अधारणेऽमहत्त्वे च, अधर्म इति चोच्यते।।'** उन्नति दो प्रकार की होती है। एक का नाम है3- अभ्युदय और दूसरी का नाम है4- निःश्रेयस। विश्व में ब्रह्माण्ड के अन्दर प्रकृति-मण्डल में अर्थात् प्रकृति के दायरे में रहकर मनुष्य अपने सदाचरण से, सत्कर्म से, जिस (ऐलौहकिक एव पारलौकिक) उन्नति को प्राप्त करता है, उसको 'अभ्युदय' कहते है। और प्रकृति की सीमा को भेदन करके-प्रकृति की

परिधि से परिच्छिन्नता से हटकर-ब्रह्माण्ड के बाहर जो अपार सुखराशि है, अर्थात् ब्रह्म की निःसीम, निरतिशय सुखानन्द-स्वरूप जो त्रिपाद् विभूति है, उसकी प्राप्ति को ही निःश्रेयस कहते है। इन दोनों प्रकार की उन्नतियों को प्राप्त करने का जो एकमात्र साधन है, उसी को5 'धर्म' कहते है। धर्म में अपार शक्ति है। वह मनुष्य को उसके अभ्युदय और निःश्रेयस-इन दोनों प्रकार की उन्नतियों में पहुँचा देता है। धर्म के परिपालन से ही मनुष्य की मानवता का विकास होता है। अतः धर्म सभी पुरुषार्थों की कुञ्जी है। किसी भी वस्तु की सिद्धि उसके लक्षण और प्रमाण से होती है। इसलिए धर्म का साक्षात्कार किए हुए महर्षियों ने, उसके अद्भुत प्रभावों को देखकर, उसके भिन्न-भिन्न लक्षण बतलाते हुए, तरह-तरह के प्रमाणों से उसे सिद्ध किया है। यथा-महर्षि कणाद के अनुसार- **'यतोऽभ्युदयनिः-श्रेयससिद्धिः स धर्मः'** **(वैशेषिक सूत्र)।**

इस सूत्र द्वारा धर्म का यह लक्षण बतलाया है कि- 'जिससे मनुष्यों के ऐहलौकिक अभ्युदय तथा मोक्ष की सिद्धि होती है, उसको 'धर्म' कहते है। महर्षि जैमिनि के अनुसार- 'मनुष्यों के सम्पूर्ण अभीष्ट को सिद्ध करने वाला जो वेद-प्रतिपादित अचूक साधन है, उसको धर्म है कहते है- **'चोदनालक्षणोऽर्थो धर्मः'**6 **(मीमांसासूत्र- 1.2)।** महर्षि व्यास के अनुसार - **'ध्रियतेऽनेन इति धर्मः'** इस प्रकार की व्युत्पत्ति को हृदय में रखते हुए **'धारको धर्मः'** अर्थात् 'जो प्राणियों का धारण-पोषण करता है, जो सबका आधार है, यानी अवलम्बन है, वह धर्म है'- ऐसा लक्षण स्वीकार किया है। इन तीनों लक्षणों के समन्वय से सिद्ध होता है कि- प्राणियों के जो सर्वविध अभ्युदय और मोक्ष का साधन है,शास्त्रों से प्रतिपादित सम्पूर्ण अभीष्टों

का अव्यभिचरित7 उपाय है एवं सम्पूर्ण जगत् का धारण और पालन-पोषण करने वाला मुख्य आधार है, उस अपूर्व-तत्त्व को धर्म कहते है।

धर्म के दो स्वरूप है, अर्थात् धर्म दो तरह का है। एक सिद्ध और दूसरा साध्य। जिसके सिद्ध होने में किसी भी क्रिया की अपेक्षा नहीं होती, अर्थात् जो किसी भी उपायान्तर को अपेक्षा नहीं रखता यानी जो स्वयं सिद्ध है- उसको 'सिद्ध-धर्म' कहते है। इस सिद्धान्त के अनुसार **'रामो विग्रहबान् धर्मः, कृष्ण धर्म सनातनम्'** इत्यादि प्रमाणों के अनुरूप पूर्ण पर-ब्रह्म परमात्मा को ही सिद्धधर्म कहा जाता है। क्योंकि वह पुरुषों के प्रयत्न से साध्य नहीं है, वह पहले से ही सिद्ध है-नित्य-सिद्ध है और धर्म के पूर्वोक्त तीनों लक्षणों से युक्त भी है। अतः नित्य-सिद्ध परमेंश्वर ही सिद्ध धर्म है।

सिद्ध धर्म- सिद्ध-धर्म रूप परमात्मा ही इस जगत् का मुख्य आधार है। उसी की अपार शक्ति से इस निरालम्ब आकाश में सूर्य, चन्द्रमा, ग्रह एवं नक्षत्र-मण्डल आदि के सहित यह समुद्र पृथिवी बड़े फैलाव के साथ सुस्थिर हो रही है। ईश्वर ही जगत् को धारण करता है। अतः मुख्यतया वही जगत् का आधार है। और **'फलमतः8, उपपत्तेः'** (ब्रह्मसूत्र-3-2-38) इत्यादि वचनों के अनुसार प्राणियों के तत्-तत् कर्मों का फलदाता होने के कारण वह सम्पूर्ण फलों का भी साधन है। क्योंकि धर्माचरण करने वालों को वह सङ्कल्पमात्र से, अपनी इच्छामात्र से ही, अभ्युदय और निःश्रेयस प्रदान कर देता है। और साथ ही वह मनुष्यों के सम्पूर्ण अभीष्टों को सिद्ध करने वाला शास्त्र-प्रतिपादित अचूक साधन भी है। अतः धर्म के

उक्त तीनों लक्षणों से लक्षित होने के कारण सिद्ध धर्म रूप ईश्वर को 'परम-धर्म' कहा गया है।

साध्य धर्म- सिद्ध धर्म रूप परमात्मा की प्राप्ति या उसके साक्षात्कार के लिए साक्षात् या परम्परया उपयोगी जो मनुष्यों के प्रयत्न-साध्य, शास्त्रोक्त प्रवृत्ति और निवृत्तिरूप प्रतिनियत उपाय (साधन) है, उन9 सत्कर्मों तथा उनके अनुष्ठान से सम्पन्न होने वाले अपूर्व को (पुण्य को) **'साध्य-धर्म'** कहते है। देश, काल, वर्ण, आश्रम, अधिकारी एवं उनकी शक्ति और विभिन्न-विभिन्न भावनाओं के अनुसार साध्य-धर्म के अनेक भेद होते है। इसी का निरूपण पूर्व-मीमांसा के बारह अध्यायों में किया गया है।

सिद्ध-धर्म रूप परमात्मा ने असङ्कीर्णता अर्थात् बड़े विस्तार के साथ (अत्यन्त फैलाव के साथ) इस जगत् को धारण करने के लिए जो-जो नियम बनाये है, उन-उन नियमों के अनुकूल मनुष्यों की कायिक, वाचिक, मानसिक एवं आध्यात्मिक उन्नति के साधनभूत, शास्त्रोक्त और अनिषिद्ध जो मनुष्यों के प्रयत्न साध्य कायिक, वाचिक, और मानसिक शुद्ध आचरण (सदाचार) है, उनको साध्यधर्म कहते है। अतः प्रत्येक व्यक्ति, समाज, देश, जाति, राष्ट्र एवं विश्व के धारण-पोषण करने वाले, सर्वत्र सुख-शान्ति सङ्घटन, सामञ्जस्य और सुव्यवस्था को स्थापित करने में नितान्त उपयोगी तथा परिणाम में हितावह जो ईश्वर-रचित नियम है, उनको धर्म कहते है। ईश्वर अपने स्वाभाविक ज्ञान के द्वारा धर्म को प्रत्यक्ष देखकर जीवों के कल्याण के लिए उसका उपदेश देता है। उसकी उक्ति सब प्रमाणों

में मूर्धन्य है। वह अत्यन्त उदार करुणा के अधीन है। अत: जीवों को असत्य बात का उपदेश वह कदापि नहीं देता। अत: एवं विश्व के धारण और पोषण के अनुकूल शास्त्र सम्मत सत्कर्म अर्थात् मनुष्यों के देह, इन्द्रिय और मन के सद् आचरण ही साध्य धर्म है।

जगत् को धारण-पोषण करने के लिए ईश्वर के बनाये नियमों के प्रतिकूल, जो मनुष्यों के कायिक, वाचिक एव मानसिक-यथेच्छ आचरण है, उनको 'अधर्म' कहते है। वे जगत् को धारण करने के लिए ईश्वर के बनाये हुए नियमों के विरुद्ध होने के कारण विपरीत फल को (दु:ख को) उत्पन्न करते है, और वैसा आचरण करने वालों को मानवता से च्युत कर देते है, उनकी उन्नति पर प्रतिबन्ध लगा देते हैं, और उनका अधोपतन10 कर देते है। अर्थात् मनुष्य को नरक या पशु आदि योनियों में डाल देते हैं। इसी से उनको अधर्म, पाप या पातक कहा जाता है। इसीलिए प्रतिकूल फल को उत्पन्न करने के कारण ही वे शास्त्रों द्वारा निन्दित और निषिद्ध किए गये है।

इस विवेचन से सिद्ध हुआ कि जगत् को धारण करने के लिए ईश्वर के बनाये हुए नियमों के अनुकूल एव जीवात्माओं का धारण-पोषण और अभ्युदय करने वाली मनुष्यों की कायिक, वाचिक और मानसिक सत्-क्रियाओं को धर्म कहते है11। और इसके विपरीत उनके शास्त्र-विरुद्ध आचरणों को (अर्थात् असत् क्रियाओं को) अधर्म कहते है। मनुष्यों के कौन-कौन से कायिक, वाचिक और मानसिक कर्म जगत् को धारण करने वाले ईश्वरीय नियमों के अनुकूल होते हुए उनके (जीवों के)

उन्नति कारक होते है, और उनकी कौन-कौन सी क्रियाएँ उनकी उन्नति के प्रतिकूल होती है- यह बात प्रत्यक्ष एव अनुमान के आधार पर स्थूलदर्शी अल्पज्ञ मनुष्य कदापि नहीं जान सकते, किन्तु ईश्वराज्ञारूप वेदादि शास्त्रों और अतीन्द्रिय पदार्थों का साक्षात्कार कर लेने में समर्थ-योगारूढ़ महर्षियों के वचनों से ही ये बातें यथावत् सामने आ सकती है। क्योंकि प्रत्यक्ष और अनुमान के द्वारा यद्यपि किन्ही कर्मों की उन्नति-साधनता का ज्ञान किसी को कुछ हो भी जाय, तथापि विलम्ब और परोक्ष में फल देने वाले ऐहलौकिक तथा जन्मान्तरीय उन्नति में परिणत होने वाले कर्मों का, वैसी उन्नति के साथ कार्य-कारण भाव प्रत्यक्ष एव अनुमान से नहीं ज्ञात हो सकता। अत: एवं उस विषय में तो एकमात्र वेद आदि शास्त्रों की ही शरण लेनी पड़ती है। इसीलिए महर्षि यास्क ने निरुक्त में कहा है कि-

धर्म में कौन-कौनसे प्रमाण है- इस विषय का विवेचन करते हुए आचार्य मनु ने कहा है कि- (1) वेद, (2) वेदमूलक स्मृति अर्थात् धर्मशास्त्र, (3) शास्त्र-मूलक सदाचार (शिष्टाचार), और (4) इन तीनों प्रमाणों के अविरुद्ध आत्म-तुष्टि12- ये चारों धर्म में साक्षात् प्रमाण है। अर्थात् ये सब धर्म के स्वरूप को लक्षित करने वाले है13-

'वेदः स्मृतिः सदाचारः स्वस्य च प्रियमात्मनः।
एतच्चतुर्विधं प्राहुः साक्षाद् धर्मस्य लक्षणम्।।' (मनु. 2/12)।

मनु के ही मत का समर्थन करते हुए महर्षि याज्ञवल्क्य ने कहा है कि-

'श्रुतिः स्मृतिः सदाचारः स्वस्य च प्रियमात्मनः।

सम्यक्-सङ्कल्पजः कामो धर्ममूलमिदं स्मृतम्।।'

धर्म अर्थात् साध्य धर्म सत्कर्म के अनुष्ठान के बाद उत्पन्न होता है। अत: उसके पहले विद्यमान न होने के कारण वह प्रत्यक्ष होने योग्य नहीं है और फिर बाद में भी अमूर्त होने से उसमें कोई रूप आदि न होने से वह इन्द्रियों द्वारा नहीं दिखायी पड़ता। इसी कारण उसे 'अदृष्ट' कहते है14। लिङ्गरहित होनेके कारण वह अनुमान प्रमाण का भी विषय नहीं हो सकता। अत: एकमात्रा वेद ही उसमें प्रमाण है।

धर्म की महिमा के विषय में भगवान् शङ्कराचार्य ने अपने गीता-भाष्य के उपोद्धात में कहा है कि-

'नारायणः परोऽव्यक्ताद् अण्डमव्यक्तसंभवम्।

अण्डस्यान्तस्त्विमें लोकाः सप्तद्वीपा च मेंदिनी।।'

"अर्थात इस विश्व के रचयिता नारायण (परमात्मा) अव्यत्त से, माया से अर्थात् प्रकृति को सीमा से परे (अस्पृष्ट) है। यह ब्रह्माण्ड अव्यक्त (प्रकृति) से उत्पन्न हुआ है और प्रकृति-मण्डल के अन्दर है। ये भू, भुव आदि सब लोक एवं यह सप्तद्वीपवती पृथिवी ब्रह्माण्ड के अन्दर है।''

"इसने विशाल विश्व को रचकर जगत्पति परमात्मा ने इस जगत् की सुव्यवस्था के लिए सर्वप्रथम धर्म-तत्त्व को रचा15। उस धर्मतत्त्व का उपार्जन प्रवृत्ति

और निवृत्ति-इन दो प्रकारों से होता है। अतएव प्रवृत्ति से साध्य होने वाले धर्म को प्रवृत्ति16 धर्म और निवृत्ति से साध्य होने वाले धर्म को निवृत्ति17 धर्म कहते है। इस प्रकार लोगों की प्रवृत्ति और निवृत्ति से साध्य होने के कारण साध्यधर्म 'प्रवृत्ति' और 'निवृत्ति' भेद से-दो तरह का है। इनमें से लोक-संग्रह18 के लिए, ईश्वर ने सर्वप्रथम प्रवृत्ति रूप धर्म के प्रचार की इच्छा से, मरीचि आदि प्रजापतियों को रचकर उन्हे वेदोक्त प्रवृत्तिरूप19 धर्म ग्रहण कराया। फिर निवृत्तिरूप धर्म के प्रचार के लिए सनक, सनन्दन आदि निवृत्ति परायण महर्षियों को उत्पन्न करके उन्हें ज्ञान, वैराग्यरूप निवृत्ति20 धर्म को ग्रहण कराया। इस प्रकार-प्रवृत्ति और निवृत्ति रूप से दो प्रकार का धर्म, इस विश्व में प्रवृत्त हुआ।'' अतः प्रत्येक व्यक्ति के अभ्युदय और निश्रेयस-दोनों तरह की उन्नति का मुख्य साधन धर्म है। और धर्म ही इस विश्व का आधार है। इसीलिए श्रुति कहती है- **"धर्मो विश्वस्य जगतः प्रतिष्ठा। लोके धर्मिष्ठं प्रजा उपसर्पन्ति। धर्मेण पापमपनुदति। धर्मे सर्व प्रतिष्ठिनम्। तस्माद्-धर्म परमं वदन्ति।'' (तैत्तिरीय आरण्यक)।**

'अर्थात् सम्पूर्ण जगत् का आधार एकमात्र धर्म है। समस्त प्रजा धार्मिक के पास, अपने-अपने सशयों को निवृत्ति करने के लिए जाती है। धर्म से ही पाप की निवृत्ति होती हैं। इसलिए विश्व में सबसे श्रेष्ठ तत्त्व धर्म है। धर्म शब्द के मुख्य अर्थ तीन है-(1) धारण करने वाला, (2) पालन-पोषण करने वाला (3) अवलम्बन देने वाला। धर्म सम्पूर्ण जगत् को धारण करता है, सबका पालन-पोषण करता है और सबको अवलम्बन देता है। इसलिए सम्पूर्ण जगत् एकमात्र धर्म के ही बल पर सुस्थिर है। इसीलिए राजनीति के महान् ऋषि चाणक्य ने कहा है कि- **'धर्मेण धार्यते**

लोकः' **(चा. सूत्र. 1 अ.)**। इस प्रकार मनुष्य के जीवन को सदैव सुखमय बनाकर उसे कृतकृत्य कर देनेवाला मुख्य पुरुषार्थ धर्म है।

ईश्वर की जो शक्ति समस्त जगत् को धारण करती है, जिसमें विश्व को धारण21 करने की शक्ति है, उस ईश्वरेच्छा रूप अलौकिक शक्ति का नाम धर्म है- **'या बिभर्त्ति जगत्सर्वंम् ईश्वरेच्छा ह्यलौकिकी। सैव धर्मो हि सुभगे, नेह कश्चन सशयः।।'** इस अस्थिर जगत् में धर्म ही सारी प्रजा को धारण करता है। अत: सम्पूर्ण प्रजा को विभिन्न प्रकार के समाज को एक सूत्र में सम्बद्ध करके धारण करने के कारण ही धर्म की धर्मता है। इसीलिए महाभारत में महर्षि व्यासदेव ने धर्म शब्द की-ध्रियतेऽनेन इति धर्म- इस तरह की यौगिकी व्युत्पत्ति करते हुए धर्म को जगत् का धारण, पालन-पोषण करने वाला महान् आधार बतलाया है- **'धारणाद् धर्ममित्याहुर्धर्मो धारयते प्रज्ञाः। यत् स्याद् धारणसंयुक्तं सधर्म इति निश्चयः।।'**

इसी तथ्य के अनुसार जैन-सम्प्रदाय के उद्भट विद्वान् श्री हेमचन्द्र ने कहा है कि-'इतनी बड़ी विशाल और विश्व की एकमात्र आधार-भूमि यह वसुन्धरा जो इस निरालम्ब, निराधार, शून्य आकाश में सुस्थिर हो रही है, इसमें धर्म से अन्य और कोई भी कारण नहीं है। समुद्र जो इस पृथिवी को अपने अन्दर डुबा नहीं लेता, और मेंध जो इसे सीच-सोच करके हरा-भरा करता रहता है, यह सब प्रभाव भी एकमात्र धर्म का ही है। यह बात ध्रुव है-**'निरालम्बा निराधारा विश्वाधारो वसुन्धरा। यच्चावतिष्ठते तत्र धर्मादन्यन्न कारणम्।।' (योगशास्त्र 4-80)**।

धर्म से विपरीत फल देने वाला अधर्म है। अधर्म को पाप या पातक भी

कहते है। धर्म और अधर्म का, अर्थात् पुण्य और पाप, इन दोनों का संयुक्त नाम है- **'अदृष्ट।'** मनुष्य के चक्षु, आदि इन्द्रियों से प्रत्यक्ष न हो सकने के कारण धर्म और अधर्म को 'अदृष्ट' कहते है-**'न दृश्यते, इति अदृष्टम्।'** अदृष्ट-शब्द के समान ही, मीमांसको के सम्प्रदाय में धर्माधर्म का संयुक्त नाम 'अपूर्व' भी है। **'सुकृत्'** और **'दुष्कृत्'** भी **'धर्म'** और **'अधर्म'** के ही नाम है। प्राणियों की लोक-यात्रा का, (अर्थात् योग-क्षेम का) भी धर्म के साथ अति-घनिष्ट सम्बन्ध है। क्योंकि संसार में जितने भी सुख विद्यमान है, उन सबका स्रोत धर्म ही है। इसीलिए महर्षि चाणक्य ने कहा है कि- **'सुखस्य मूल धर्मः।' (चा० सूत्र - 1 अ. 1)।**

इसी अभिप्राय को ह्रदय में रखते हुए जैन-सम्प्रदाय के आचार्य श्री समन्तभद्र ने धर्म का यह लक्षण बतलाया है कि- जो प्राणियों को संसार के समस्त दुःखों से हटाकर उन्हें उत्तम सुख में, आनन्दधाम में पहुँचा देता है- उसे धर्म कहते है- **'देशयामि समीचीनं धर्म कर्म-निबर्हणम्। संसार-दुःखतः सत्त्वान् यो धरत्युत्तमे पदे।।'**

इसी आशय से महापुराण में भी कहा है- **'स धर्मो विनिपातेभ्यो यस्मात् सन्धारयेन्नरम्। धत्ते चाभ्युदयस्थाने निरपाय-सुखोदये।।' (महापुराण, 2 पर्व-27)।** इसीलिए कणाद महर्षि ने धर्म से उत्पन्न होने वाले फल पर दृष्टि रखते हुए, धर्म का यह लक्षण बतलाया है कि- जिससे प्राणियों को अभ्युदय22 और निःश्रेयस23 प्राप्त हो, अर्थात् जो ईश्वरीय शक्ति मनुष्य का ऐहलौकिक अभ्युदय करती हुई, अन्त में उसको निःश्रेयस में (अर्थात् उन्नति को पराकाष्ठा में-मोक्ष में)

पहुँचा देती है, उसे धर्म कहते है- **'यतोऽभ्युदय-निःश्रेयससिद्धि स धर्मः।' (वैशेषिक दर्शन 1-1)।** प्रारम्भ में बताया गया है कि, उन्नति को प्राप्त करना ही मनुष्य जीवन का परम लक्ष्य है। अत: उन्नति की इच्छा भी स्वाभाविक है। उसकी पूर्ति का एकमात्र साधन धर्म है। अतएव आत्मा, धर्म एव उन्नति का परस्पर अटूट सम्बन्ध है। अत: प्राणियों के योगक्षेम का भी मुख्य साधन धर्म ही है। यह बात धर्म शब्द की व्युत्पत्तियों से भी सिद्ध होती है।

धर्म शब्द की व्युत्पत्ति कई तरह की है-(1) **'धनानि स्त्रौति, इति धर्मः।'** अर्थात् जो शक्ति प्राणियों की सुख-समृद्धि के लिए सब प्रकार के धन-धान्य आदि अभीष्ट वस्तुओं के स्रोत उत्पन्न करती है, उसे धर्म कहते है। धर्म का एक नाम 'वृष' भी है। अत वृष-शब्द की व्युत्पत्ति के अनुसार भी धर्म-शब्द का यह अर्थ परिपुष्ट होता है- (2) **'वर्षति अभीष्टान् कामान् इति वृषः।'** अर्थात् प्राणियों की सुख शान्ति के लिए, उनके अभिलषित पदार्थों की, जो वृष्टि करता है-उसको 'वृष' (धर्म) कहते है अथवा- (3) **'धारयते लोकम्, इति धर्मः।' 'ध्रियते लोकोऽनेन इति धर्मः।' 'धरति लोकम् इति वा धर्मः।'** इत्यादि व्युत्पत्तियों के अनुसार 'धृ धरणे' धातु से 'मन्' प्रत्यय होकर धर्म शब्द निष्पन्न हुआ है। तदनुसार जो तत्त्व प्राणियों का धारण, पालन-पोषण करता हुआ उन्हें सुख शान्ति से आप्यायित करता है, उसको धर्म कहते है। धर्म अकर्त्तव्य की, पाप की, अर्थात् दुराचार की सीमा का अन्त कर देता है। इसीलिए महाभारत में कहा है-

'धनाति स्त्रौति धर्मो हि धारणाद् वेति निश्चयः।

अकार्याणा मनुष्येन्द्र स सीमान्तकरः स्मृतः।।'(शा. प. 90-98)।

धर्म का नाम 'पुण्य' भी है। पुण्य-शब्द 'पुञ् पवने' धातु से 'डुण्य' प्रत्यय होकर निष्पन्न हुआ है। पुण्य-शब्द की व्युत्पत्ति है- (4) 'पुनाति, इति पुण्यम्, अर्थात् जो प्राणियों के मन, बुद्धि, इन्द्रिय, शरीर और कर्म को पवित्र कर दे, उसको 'पुण्य' कहते है। नैयायिक और वैशेषिकों के मत में धर्म और अधर्म आत्मा का गुण है। जैन सम्प्रदाय के सिद्धान्त में भी धर्म को आत्मा का ही गुण माना गया है- **'वस्तु स्वभावो धर्म.।'** साङ्ख्य-योग और वेदान्त मत वाले दार्शनिकों ने धर्मा धर्म को बुद्धि का धर्म माना है। क्योंकि उनके मत में कर्तृत्व बुद्धि का धर्म है। अतः **'शास्त्रदेशितं फलमनुष्ठातरि24'** इस न्याय से अदृष्ट-तत्त्व की उत्पत्ति बुद्धि में होती है। धर्म की उत्पत्ति कर्म से होती है। इसीलिए महर्षि गौतम के मतानुसार धर्म की यह परिभाषा है कि-**'कर्मजन्योऽभ्युदयनिःश्रेयसहेतुः, अपूर्वाख्य आत्मगुणोः धर्मः।' (गौतमधर्मसूत्र, मिताक्षरावृत्ति)।**

अर्थात् कर्म से उत्पन्न, अभ्युदय और निःश्रेय का साधन, अपूर्व नामक जो आत्म-गुण है, वह 'धर्म' है। अतः वर्णाश्रम के नियमानुसार शास्त्र-प्रतिपादित अपने-अपने कर्त्तव्य के आचरण से मनुष्यों की बुद्धि या आत्मा में धर्म की उत्पत्ति और अभिवृद्धि होती है। अतएव धर्म और अधर्म इन दोनों की उत्पत्ति का कारण कर्म है। कर्म सत् और असत् रूप से दो प्रकार के होते हैं। सत्कर्मों के आचरण से पुण्य की उत्पत्ति, असत्कर्मों के आचरण से पाप की उत्पत्ति होती है। इसलिए इनको 'सुकृत' और 'दुष्कृत' भी कहते है। धर्म और अधर्म का साधारण नाम कर्म है। हमारी कृति

से, अर्थात् हमारे कर्त्तव्य से उत्पन्न होने के कारण पुण्य और पाप-ये दोनों ही, कर्म नाम से अभिहित होते है।

ईश्वर ने शास्त्रों द्वारा हम लोगों को यह स्पष्ट समझा दिया है कि- "यह कर्म अच्छा है, तथा यह कर्म बुरा है- अर्थात् यह कार्य करने योग्य है, अपना कर्त्तव्य है, इसे करना चाहिए और यह कार्य नहीं करने योग्य है- अतः इसे नहीं करना चाहिए।'' अतः शास्त्रों ने जिसके लिए जिन कर्मों को करने का विधान किया है, उनका आचरण करने से उसके लिए धर्म की उत्पत्ति होती है तथा जिन कर्मों के आचरण करने का निषेध किया है, उनके आचरण से उसके लिए पापोत्पत्ति होती है। इसी से न्याय-दर्शन में धर्म और अधर्म की यह परिभाषा बतायी गयी है कि- **'विहित कर्मजन्यो धर्मः। अविहित-कर्मजन्योऽधर्मः।'**

धर्म के विरोधी भाव-पदार्थ को 'अधर्म' कहते है। शास्त्र-विरुद्ध, धर्म-विपरीत - प्राणिहिंसा, असत्य-संभाषण, चौर्य आदि दुष्कर्मों को करना तथा शास्त्र-विहित कर्मों को न करना अधर्म है। अतः शास्त्रोक्त नियमानुसार जिसके लिए जिन कर्मों से धर्मोत्पत्ति होती है, वे उसके धर्म कहलाते है। तथा जिन कर्मों के आचरण से अधर्म-की उत्पत्ति होती है, वे उसके अधर्म कहलाते हैं। यानी धर्मोपार्जन की, अर्थात् धर्म को प्राप्त करने की, साधन-पद्धति25 को भी 'धर्म' कहते है। अचूक साधन ही साध्य कहलाने लगता है। जैसे कि घृत आयुर्वर्द्धक होने से, आयुका साधन होने से-'आयु' कहलाता है। इसी तरह धर्मोपार्जन के तत्-तत् साधन भी धर्म कहलाते है तथा अधर्म के साधन अधर्म कहलाते है। 'आयुर्घृतम्'-इत्यादि के समान कारण में

कार्य का उपचार किया गया है।

जिसके लिए जिन कर्मों के आचरण से धर्मोत्पत्ति होती है, उनको उसके धर्म कहते है। जैसे कि-'यह ब्राह्मणधर्म है।' 'यह क्षत्रिय धर्म है।' 'यह स्त्री-धर्म है।' 'यह सन्यासि धर्म है।' 'यह राज-धर्म है।' जिनके आचरण से जिनके लिए अधर्मोत्पत्ति होती है, उन्हें उनके लिए अधर्म26 कहते है। इसी सिद्धान्त के अनुसार वायु पुराण में धर्म और अधर्म का यह लक्षण बतलाया गया है- **'धर्माधर्माविह प्रोक्तौ शब्दावेतौ क्रियात्मकौ। कुशलाकुशलं कर्म धर्माधर्माविति स्मृतौ।।'**

इसलिए धर्म को उत्पन्न करने वाले अपने कर्त्तव्य कर्म के आचरण से धर्म उत्पन्न होता है। धर्म से प्राणियों को सुख की प्राप्ति होती है। और अधर्म को उत्पन्न करने वाले निषिद्ध कर्मों से पाप की उत्पत्ति होती है। पाप से प्राणियों को तरह-तरह का दु:ख प्राप्त होता है। इसलिए योगारूढ़, तत्त्ववेत्ता महर्षियों ने अपने अखण्ड तपोबल से समाधिस्थ होकर मनुष्य को उन्नति और अवनति में-उसका आचरण ही कारण है- अर्थात् सत् कर्मों के करने से मनुष्य को उन्नति और दुष्कर्म करने से उसकी अधोगति होती है- इस बात को, यानी सदाचार और उन्नति तथा दुराचार और अधोगति के कार्य-कारण भाव को, प्रत्यक्ष देख, समझकर ही उन्नति के मूल सदाचार को अपनाकर दुराचार को निषिद्ध घोषित किया है।

प्रवृत्ति और निवृत्तिरूप-दोनों ही प्रकार के धर्म का मूल है- सदाचार अर्थात् शिष्टाचार। मानवता के पूर्ण विकास के लिए प्रत्येक मनुष्य के आचरण में संस्कार अर्थात् परिष्कार की नितान्त आवश्यकता है। अत: प्रत्येक वर्ण, आश्रम एवं वर्णाश्रम

से विहीन लोगों के जो विशुद्ध आचरण है, उन्हीं को सदाचार कहते है।

सदाचार मनुष्य-जीवन का शुद्ध, परिष्कृत आचरण है। आर्यजनों के प्रत्येक आचरण शास्त्रीय-पद्धति से संस्कृत अर्थात् सुपरिष्कृत होते हैं। अतः भद्र-पुरुषों का सारा ही जीवन सदाचारमय होता है। भारत-भूमि में तत्रापि आर्यावर्त प्रदेश में, तो सर्वत्र आर्यजनों का ही प्राधान्य रहा है। इसीलिए भगवान् मनु ने सदाचार का यह लक्षण बताया है कि- 'भारत के आर्यावर्त प्रदेश में चारों वर्ण, चारों आश्रम एवं वर्णाश्रम से हीन जाति वाले लोगों के जो-जो निज-परम्परागत, प्राचीन सुसंस्कृत आचार यानी कर्तव्य है, उन्हीं को 'सदाचार' कहते हैं- **'तस्मिन् देशे य आचारः पारम्पर्यक्रमागतः। वर्णानां सान्तरालाना स सदाचार उच्यते।।'** (म. स्मृ. 2018)।

सत्य का अन्वेषण करने पर यह पता चलता है कि विश्व-मानव की सभ्यता, संस्कृति, सदाचार एव धर्म का परम प्राचीन मूल-ग्रन्थ 'वेद' है। आजकल के विभिन्न धर्म-ग्रन्थों में वेद की प्राचीनता को सब विद्वानों ने एक-स्वर से स्वीकार किया है। वेद से ही परम प्राचीन मानवों ने शिक्षा पायी है। वह शिक्षा वैदिक ब्राह्मणों द्वारा विश्व में फैली है। अतएव मनु का यह कथन है कि- **'एतद्देश-न्रसूतस्य सकाशादग्रजन्मनः। स्वं स्वं चरित्र शिक्षेग्नू पृथिव्यां सर्वमानवाः।।'** सही प्रतीत होता है। वैदिक ब्राह्मणों द्वारा जिन-जिन देशवासियों ने काल-क्रम से शिक्षा लेना बन्द कर दिया था, ऐसे विभिन्न देशवासी वेद एवं वैदिक कर्मों से हीन हो जाने से शूद्र कहलाये। जैसा कि मनु ने कहा है- **'शनकैस्तु क्रियालीपाद् इमाः**

क्षत्रियजातयः वृषलत्व गता लाके ब्राह्मणादर्शनेन च।। पौण्ड्रकाश्चोड्द्रावडाः काम्बोजा यवना शकाः। पारदाः पह्वाश्चीनाः किराता दरदाः खशाः।।'

विश्व में सर्वप्रथम वेद ही सर्वमान्य धर्मग्रन्थ के रूप में विराजता था। वैदिक विभिन्न शाखाएँ भी विभिन्न देशों में प्रचलित थी, जो कालक्रम से लुप्त हो गयी है। वैसे देशों में, उत्तर-काल में, विभिन्न विशिष्ट व्यक्ति धर्माचार्य के रूप में प्रकट होकर परम्परा-प्राप्त धर्म का सशोधन करके, प्रचार कराए, जिसके बल पर ही इसलाम, ईसाई इत्यादि विभिन्न धर्म अस्तित्व पाये। वह परम प्राचीन विश्वमान्य धर्मग्रन्थ वेद अपौरुषेय अथवा ईश्वर-प्रणीत होने से त्रैकालिक सर्व अर्थों से परिपूर्ण रहता है। अतएव मनु ने कहा है- **'भूतं भवद् भविष्यं च सर्व वेदात् प्रसिद्धयति।** ईश्वराज्ञारूप वह वेद सर्वदेश और सर्वकाल के सात्त्विक, राजस और तापस-ऐसे विभिन्न प्रकृति के सभी मनुष्यों के हितावह मार्ग का दर्शन कराने के लिए उस-उस परिस्थिति के अनुसार उन-उन मनुष्यों हितावह अर्थों का प्रतिपादन करता है- अधिकारियों की प्रकृति एवं रुचि के अनुसार उनके अभ्युदय और निःश्रेयस की सिद्धि के लिए उपायों का निरूपण करता है। अधिकारी पुरुष अपने अधिकार के अनुसार कर्त्तव्य चुन ले, यही उचित है। अतएव यह अत्यन्त ध्रुव और निर्विवाद है कि प्राचीन समय में सारे जगत् का, सभी देशों का धर्म और शिक्षा-गुरु हमारा यह भारतवर्ष ही था। इसीलिए महर्षि वशिष्ठ ने अपनी स्मृति में कहा है कि-

'तस्मिन् देशे ये धर्मा ये चाचारास्ते सर्वत्र प्रत्येयाः।।' (व. स्मृ.-8)।

अर्थात् भारत में, आर्यावर्त-प्रदेश में जो-जो धर्म एवं शिष्टाचार (शिष्ट-लोगों के

परम्परा-प्राप्त आचार और व्यवहार) है, उन्हें विश्व के सभी देशवासियों को अपनाना चाहिए। क्योंकि वे सभी के लिए कल्याणकारी है। अतः भारतभूमि के ब्राह्मणादि वर्ण, आश्रम तथा वर्णाश्रम से रहित-सभी शिष्टजनों के अहिंसा, शौच, सत्य सभाषण, आदि कायिक, वाचिक और मानसिक जो-जो मत् आचरण है, जिनके द्वारा प्रत्येक मनुष्य सुख-पूर्वक धर्मोपार्जन कर सकते है- उन भारतीय पुरुषों के शुद्ध आचरणों को 'सदाचार' कहते हैं। अतः विष्णुपुराण में सदाचार का यह लक्षण बतलाया है कि- **'साघवः श्रीणदोषास्तु सच्छब्दः साधुवाचकः। तेषामाचरणं यत्तु सदाचारः स उच्यते।।'**

अर्थात् सत् शब्द का अर्थ है- साधु। साधु वही होते है, जो दोष रहित हो। ऐसे साधु, अर्थात् शिष्टजनों के जो लोक-हित साधु आचरण (सत्कर्म) है, उन्हीं को सदाचार कहते है। ये सदाचार अर्थात् अपने-अपने शुद्ध कर्त्तव्य धर्मो कि मूल है। क्योंकि सदाचार से ही सब धर्म उत्पन्न होते है। इसी से सदाचार को धर्म का जनक कहा गया है- **'आचारप्रभवो धर्मः'** जैसे पर्वतों से नदियाँ उत्पन्न होती है, वैसे ही सदाचार से धर्म की उत्पत्ति होती है। अतः धर्म का मूल-स्रोत सदाचार है। सदाचार परिवर्तनशील नहीं है, वह शाश्वत है- अनादि परम्परा से, सदा से ही चला आ रहा है। अतएव वह आधुनिक नहीं है, सनातन है। इसीलिए भगवान् मनु ने सदाचार को शाश्वत कहा है- **'चतुर्णामपि वर्णानाम् आचारश्चैव शाश्वतः।' (म. स्मृ. 1-107)।**

इसीलिए मनुष्य-समाज में, सभी जातिवालों के सर्वविध व्यवहारों में सर्वत्र

ही सदाचार का समावेश किया गया है। इसी कारण मानवमात्र के लिए भगवान् मनु का यह उपदेश है कि-'सदाचार धर्म का मूल है। इसीलिए श्रुति और स्मृतियों द्वारा सम्यक् प्रकार से, उसका निरीक्षण और परीक्षण करके उसे मनुष्यों के समस्त कर्मों का मुख्य अङ्ग मानकर, उनके प्रत्येक कर्म में उसका समावेश किया गया है। अतः प्रत्येक मानव को अपने-अपने सदाचार पर सदैव दृढ़ रहना चाहिए'- **'श्रुतिस्मृत्युदितं सम्यङ् निबद्धं स्वेषु कर्मसु। धर्ममूलं निषेवेत सदाचारमतन्द्रितः।।' (मनु. 4, 55)।** 'सदाचार' शब्द की व्युत्पत्ति दो प्रकार की है - **(1) सञ्चासौ आचारः27 = सदाचारः।** और **(2) सताम् आचारः28 = सदाचारः।** इन विग्रह-वाक्यों द्वारा (1) सम्यक् अर्थात् समीचीन आचार एवं शिष्ट-पुरुषों के आचार-ये दो अर्थ सदाचार शब्द के होते है। **'अस्ति ब्रह्मेति चेद् वेद सन्तमेंनं ततो विदुः।'** इस श्रुति के द्वारा ब्रह्मवेत्ताओं को 'सन्त' कहा गया है। इसलिए (1) शास्त्रों द्वारा अनुमत और (2) शास्त्रनिष्ठ सन्तों के आचार का सदाचार-शिष्टाचार कहते हैं।

यह सदाचार कायिक, वाचिक और मानसिक-भेद से तीन प्रकार का होता है। जैन-सम्प्रदाय के आचार्यों ने इसी को **(1) सम्यक् ज्ञान, (2) सम्यक् दृष्टि और (3) सम्यक् चारित्र्य**-नाम से तीन प्रकार का माना है- **सद्दृष्टिज्ञानवृत्तानि धर्म धर्मेश्वरा विदुः। यदीयप्रत्यनीकानि भवन्ति भवपद्धतिः।।'** स्नानादि से शरीर की शुद्धि, सरल स्वभाव, ब्रह्मचर्य, अहिंसा, परोपकार में प्रवणता, देव-पूजन, इत्यादि- ये सब शारीरिक सदाचार है। सत्य और प्रियभाषण अर्थात् असत्य और अप्रिय न बोलना, सद् ग्रन्थों का अध्ययन, ईश्वरस्तवन, इत्यादि, ये सब

वाचिक सदाचार है। प्रसन्नता, सौम्यता, कारुण्य, मनोजय, धैर्य, स्थैर्य, भावशुद्धि, क्षमा एव काम-क्रोधादि से प्रभावित न होना-इत्यादि ये सब मानसिक सदाचार है। ये तीनों ही प्रकार के सदाचार (यानी समीचीन आचरण या सत्पुरुषो के आचरण) धर्म के मूल है।

इससे विपरीत-क्रूरता, असत्य-भाषण, छल-कपट, धूर्तता, राग-द्वेष, दम्भ, अभिमान आदि-जो दुष्ट आचार अर्थात् दुष्टजनों के आचरण है, वे सब-दुराचार, अनाचार, पातक या भ्रष्टाचार आदि नाम से कहे जाते है। दुराचार ही अधर्म के मूल है। उनसे ही अधर्म की उत्पत्ति होती है। दुराचार से ही मनुष्य का अधपतन होता है। दुराचार मनुष्य को नीचे की ओर ढकेल देता है। वह मनुष्य का अभ्युदय नहीं होने देता। इसीलिए जो मनुष्य दुराचारी हो अर्थात् सदाचार से हीन हो, उसके द्वारा किया जाने वाला सारा ही धर्मानुष्ठान तुष-कण्डन-न्याय से, सब बेकार चला जाता है- कुछ भी फल नहीं देता। अतएव जो व्यक्ति सदाचार का पालन नहीं करता, वह धर्मानुष्ठान करने का अधिकारी हो नहीं है। उसका सारा ही शास्त्राव्ययन तथा धर्माचारण व्यर्थ चला जाता है- कुछ भी फल नहीं देता। महाभारत में स्पष्ट कहा है कि -

'आचारहीनं न पुनन्ति वेदा यद्यप्यधीताः खलु षड्भिरङ्गैः।
छन्दांयेनं मृत्युकाले त्यजन्ति नीडं शकुन्ता इव जातपक्षा।।'

संस्कृति और संस्कार ये दोनों शब्द एकार्थक है। 'सम्' उपसर्ग-पूर्वक 'कृञ्' धातु से भाव अर्थ में 'क्तिन्' प्रत्यय होकर 'संस्कृति' शब्द निष्पन्न होता है

और उसी धातु29 से उसी अर्थ में 'घञ्' प्रत्यय होकर 'संस्कार' शब्द सिद्ध होता है। अत: 'संस्कृति' और 'संस्कार'- इन दोनों शब्दों का अर्थ एक ही है- संस्करण = संस्कृति। संस्करण = संस्कार। 'कृञ्'30 धातु का अर्थ कायिक, वाचिक और मानसिक व्यापार होता है। 'सम्' उपसर्ग का अर्थ होता है- समीचीन। अत: मनुष्य के समीचीन कायिक, वाचिक और मानस व्यापार संस्कृति एवं संस्कार शब्दों से कहे जाते है। ये त्रिविध व्यापार तथा पूर्वोक्त सदाचार-वास्तव में एक ही है। इस तरह से 'संस्कृति' 'संस्कार' तथा 'सदाचार' शब्द का अर्थ एक ही है।

परन्तु इस समय, समाज में तत्-तत् राष्ट्रों के सामाजिक और वैयक्तिक कुछ विशेष आचार और व्यवहार ही संस्कृति-शब्द से व्यवहृत होने लगे है- जो कि इतर समाज एवं राष्ट्रों में नही उपलब्ध होते और विशेष समाज एवं अन्य राष्ट्रों के असाधारण होते है। ऐसे आचार-विचार-दृष्टि से समीचीन और असमीचीन होते हुए भी, वर्तमान समय में, 'संस्कृति'-शब्द से लोक में प्रचलित होने लगे है। इसी प्रकार विभिन्न-विभिन्न वेष-भूषा, पारस्परिक व्यवहार शैली-आदि रीतियाँ भी लोक में संस्कृति शब्द से व्यवहृत होने लगी है। परन्तु इनको भी संस्कृति शब्द से कहना तभी उचित होगा, जब कि ये अनिष्ट फल के ससर्ग से विरहित होकर अभीष्ट फल के साधन हो। क्योंकि अनिष्ट सम्पर्क से शून्य होकर अभीष्ट साधनरूप होना ही आचरणों की समीचीनता है। समाचीन आचरण ही सदाचार है। इस रीति से 'संस्कृति', 'संस्कार' और 'सदाचार' इन तीनों शब्दों का अर्थ एक ही है और यह सदाचार ही धर्म का मूल है। चारों वर्ण, आश्रम एव तदितर जातियों के जो श्रेष्ठ अर्थात् शास्त्रानुकूल सामान्य और विशेष आचरण (यानी सत्कर्म) है, उन्हीं को

सदाचार कहते है। सदाचार से ही धर्मोत्पत्ति होती है, अत: धर्म की जड़ सदाचार है, सदाचार का ह्रास होने से ही धर्म का ह्रास होता है। इसलिए सम्पूर्ण धर्मों को विनाश से बचाने के लिए, प्रत्येक राष्ट्र में सदाचार की सुरक्षा नितान्त अपेक्षित होती है। सदाचार की सुरक्षा के लिए ही राज्य की आवश्यकता होती है। अत: लोगों के सदाचार की रक्षा के निमित्त ही विश्व में राजधर्म प्रवृत्त होता है। कौटल्य महर्षि ने कहा है-

चतुर्वर्णाश्रमस्याय लोकस्याचार रक्षणात्।

नश्यतां सर्वधर्माणां राजधर्मः प्रवर्तकः।। (कौ. अथ. 3)।

सुख का मूल सदाचार है और दु:ख का मूल दुराचार। अत: श्रेष्ठ पुरुष वही है, जिनमें सदाचार दिखलायी पड़ता है। सदाचारनिष्ठ पुरुष ही सन्त, सज्जन, साधु, महात्मा आदि नाम से विख्यात होते है। सदाचार ही सन्त पुरुषों का लक्षण है। सदाचार से ही मनुष्यों के कुल उत्कृष्टता को प्राप्त होते है31 और दुराचरण से ही हीनता को प्राप्त हो जाते है। इसीलिए उच्च कुल में उत्पन्न पुरुष भी सदाचार से हीन हो जाने पर अकुलीन32 हो जाते है और हीन-कुल वाले व्यक्ति भी सदाचारनिष्ठ होने पर कुलीन बन जाते है। अत: कुल की श्रेष्ठता और हीनता भी मनुष्यों के आचरण पर ही निर्भर है। कुलों में तारतम्य सदाचार के ही तारतम्य में होता है। सर्वत्र उच्च-नीच, इस भेदभाव का कारण सदाचार के आचरण का ही तारतम्य है। इसीलिए महाभारत में कहा है कि- **'कुलं वृत्तेन रक्ष्यते।'**

सदाचार मनुष्य-जीवन का शुद्ध आचरण है। सदाचार से, चरित्र के बल से,

मनुष्यों का आत्मबल बढ़ता है। दुराचार से, चरित्र की हीनता से, लोगों का आत्मबल क्षीण हो जाता है। सदाचारनिष्ठ पुरुषों की सभी क्रियाएँ सफल होती है। देवता भी सदाचारनिष्ठ लोगों का आदर करते हैं। इसके विपरीत दुरात्माओं की, दुराचारियों की कोई भी क्रिया फलवती नहीं होती। सूरी सोमदेव ने कहा है कि- **'न खलु भूतद्रुहां कापि क्रिया श्रेयांसि प्रसूते।'**

इसीलिए महर्षि शुक्राचार्य ने कहा है कि-

'अनाचाराद् धर्महानिः।।

सदाचार से, चरित्रबल से शत्रु भी प्रभावित हो जाते है, अर्थात् सदाचारी के सामने अपना मस्तक झुका देते है। इससे महर्षि चाणक्य ने कहा है कि आचरण से मनुष्य अपने शत्रु के भी हृदय को जीत लेता है- **'शत्रुं जयति सुवृत्तता।' (चा. सूत्र. 3-34)।** इसीलिए उन्होंने कहा है कि- म्लेच्छ33 पुरुष भी यदि सद् आचरण करते हो, तो उस विषय में उनका अनुकरण करना चाहिए अर्थात् उनसे सदाचार को ग्रहण कर लेना चाहिए। किसी के भी गुणों पर मत्सर करना उचित नहीं है। इसी कारण आर्य-पुरुषों का इस बात पर बहुत ध्यान रहता था कि हमारा आचार उत्तम रहना चाहिए।

श्रुति, स्मृति, इतिहास-पुराण आदि सभी शास्त्रों में मनुष्य के लिए आचरण पर बड़ा जोर दिया है। ब्राह्मण में भी यदि सच्छील-सदाचार न हो तो फिर वह ब्राह्मण नहीं -अर्थात् उसके साथ ब्राह्मण का-सा व्यवहार न करके शूद्र का-सा व्यवहार

किया जाय। 'ब्रह्मा से लेकर स्थावर-पर्यन्त सभी प्राणियों के शरीर पृथिवी, जल तेज, वायु और आकाश- इन पाँच धातुओं के बने हुए है। अत: देह-दृष्टि से सबके शरीर एक समान है। आत्मदृष्टि से भी सब में समानता ही है। क्योंकि सब जीवों में एक ही आत्मा है। इसलिए समान कारण होने से सब वस्तु एक समान है। इस तरह यद्यपि सबके शरीरों में पञ्चभूत समान है, फिर भी वेदों ने इनके वर्णाश्रम आदि अलग-अलग नाम और रूप बतलाकर- "यह ब्राह्मण है, यह क्षत्रिय है'' इत्यादि भेद इसलिए बना दिये है कि ये अपनी वासना-मूलक प्रवृत्तियों को नियन्त्रित करके, उन्हें संकुचित करके धर्म, अर्थ, काम और मोक्ष-इन चारों पुरुषार्थों को भलीभाँति सिद्ध कर सके।

देश, काल, फल, निमित्त और अधिकारी एवं धान्य आदि वस्तुओं के गुण-दोषों का विधान भी इसीलिए किया गया है कि कर्मों में लोगो की उच्छृङ्खल प्रवृत्ति न हो, मर्यादा का भङ्ग न होने पावे। देशो में जहाँ कृष्णसार मृग स्वभावत नही विचारता, जहाँ के लोग ब्राह्मण भक्त न हो, वह देश अपवित्र है। कृष्णसार मृग के रहते हुए भी जहाँ सत्पुरुष न हो, वह देश तथा कीकट (मगध) अङ्ग, बङ्ग, कलिङ्ग आदि प्रदेश, असंस्कृत अर्थात् सत्- संस्कारो से शून्य म्लेच्छ-प्रचुर या मलिन और ऊषर प्रदेश अपवित्र ही होते है। समय वही पवित्र है, कि जिसमें कर्म करने-योग्य सामग्री मिल जाय और शान्ति से पुण्योपार्जन हो सके। इसके विपरीत जिस काल में धर्मोपार्जन करने की सामग्री न मिल सके, द्रव्य के अलाभ या राष्ट्र-विप्लव के कारण अथवा आशौच आदि के कारण कर्मानुष्ठान नहीं किया जा सके, वह काल कर्मानुष्ठान के अयोग्य होने से अशुद्ध बतलाया गया है।

द्रव्य की वस्त्रादि पदार्थों को शुद्धि और अशुद्धि (1) द्रव्य, (2) वचन, (3) सस्कार, (4) काल, अथवा (5) न्यूनता और अधिकता से एवं (6) शक्ति, अशक्ति, (7) बुद्धि और (8) वैभव से होती है। (1) जैसे-किसी पात्रादि की जल आदि से शुद्धि और मूत्रादि अशुद्धि होती है। (2) किसी वस्तु के विषय में 'यह शुद्ध है या अशुद्ध?' ऐसा सन्देह हो जाने पर ब्राह्मण कह दे कि- 'यह शुद्ध है' तो उसकी शुद्धि हो जाती है। और विपरीत-वचन से अर्थात् 'यह अशुद्ध है' कहने से वह वस्तु अशुद्ध समझी जाती है। (3) संस्कार से अर्थात् जल-प्रोक्षणादि से पुष्प आदि की शुद्धि और सूँघने से अशुद्धि हो जाती है। (4) काल से, दस दिन के बाद नवीन उदक आदि की शुद्धि और तीन दिन तक अशुद्धि होती है। अथवा तत्काल पकाये हुए अन्न आदि की शुद्धि और बासी अन्नकी अशुद्धि होती है।

ऐसे ही (5) - अधिकता या न्यूनता से भी वस्तुओं की शुद्धता और अशुद्धता हो जाती है। जैसे स्पर्श आदि दोषों से बड़े जलाशयों की शुद्धि और छोटे-छोटे जलाशयों की अशुद्धि होती है। इसी प्रकार (6) - शक्ति और अशक्ति से भी शुद्धि और अशुद्धि हो जाती है। जैसे कि स्वस्थ-पुरुष की स्नानादि से शुद्धि और ज्वरादि से अस्वस्थ व्यक्ति की, असमर्थ की स्नानादि के बिना भी शुद्धि मानी जाती है। इसी तरह (7) - बुद्धि अर्थात् ज्ञान से भी शुद्धि ओर अशुद्धि होती है। जैसे कि किसी व्यक्ति को बन्धुबान्धवों के जन्म-मृत्यु का दस दिन के बाद ज्ञान होने पर शुद्धि और दस दिन के भीतर ज्ञान होने से अशुद्धि होती है। ऐसे ही (8) - वैभव से भी शुद्धि और अशुद्धि होती है। जैसे वैभवशाली के लिए वही सूतकाल अशुद्ध और दरिद्र के लिए वही शुद्ध होता है।

ये द्रव्य, देश, वचन आदि भी आत्मा के लिए जिस अशुद्धि के हेतु होते है, वह उसमें देश, काल, अवस्था आदि के अनुसार होती है, सर्वदा नहीं। जैसे कि निर्भय प्रदेश में ही स्नानादि से शुद्धि होती है, व्याघ्रादि के भय से आक्रान्त प्रदेश में तो स्नान के बिना भी शुद्धि ही है। तथा रोगादि से व्यतिरिक्त युवावस्था में ही स्नानादि से शुद्धि होती है। बाल्यावस्था और रोगादि अवस्था में तो स्नानादि के बिना भी अशुद्धि नही होती।''35 आचार दो प्रकार का होता है - (1) शास्त्रीय और (2) लोकिक अर्थात् लोकाचार। अत: जो अपना हित चाहे उसे दोनों ही तरह के आचारों का पालन करना चाहिए, उनका अनादर नहीं करना चाहिए। क्योंकि उनके आचरण से धर्मोत्पत्ति होती है, जिससे प्राणियों का मङ्गल होता है।

अत: ग्राम धर्म, जाति धर्म, देश धर्म और कुल धर्म - जितने भी आचार है, उनका आदर करना चाहिए, उल्लंघन कदापि नहीं करना चाहिए। इसीलिए देवीभागवत में कहा है कि-

ग्रामधर्मा जातिधर्मा देशधर्माः कुलोद्भवाः।

परिग्राह्या नृभिः सर्वे नैव ताँल्लङ्घयेन्मुने।।

(देवीभागवत. 1.1.16, 17)

क्योंकि लोकाचार से धर्म, अर्थ और काम की उत्पत्ति होती है। महाभारत में कहा है कि - 'उत्तम प्रसिद्ध एवं धर्मनिष्ठ पुरुषो ने लोक में धर्म, अर्थ, और काम की उत्पत्ति के हेतु भूत जो वेदोक्त गुण अर्थात् सावन बताये है, वे ही सब लोकाचार के रूप में प्रकट हुए है- लोगों द्वारा काम में लाये जाते हैं। और शिष्ट-पुरुष उनका

आदर करते हैं' -

ये गुणा कीर्तिता लोके धर्मार्थकामसंभवाः।

लोकाचारेषु संभूता वेदोक्ताः शिष्टसंभवाः।।' (वनपर्व 1 अ. 31)।

अतएव विवेकी मनुष्यों को देशाचार, कुलाचार और लोकाचार36 का भी यथोचित आदर करना चाहिए। क्योंकि इन सब आचारो से भी धर्म का उपबृहण होता है। चिन्त की शुद्धि आहार-शुद्धि पर निर्भर है। देवी भागवत में कहा है कि,

'आहारशुद्धया नृपते चित्तशुद्धिस्तु जायते।

शुद्धे चित्ते प्रकाशः स्याद् धर्मस्य नृपसत्तम।।'

यज्ञ, दान, तप, तीर्थ, व्रत-इत्यादि सभी पुण्य-कर्मों के अनुष्ठान में शुद्धि की अपेक्षा होती है। क्योंकि ये सब क्रियाएँ द्रव्य-शुद्धि, क्रिया-शुद्धि एवं मन शुद्धि की अपेक्षा रखते हैं। कदाचित् किसी के द्रव्य की शुद्धि हो जाती है और क्रिया की भी शुद्धि हो जाती है। परन्तु मन की शुद्धि तो सभी को सर्वदा ही दुर्लभ है। क्योंकि मन अत्यन्त चञ्चल है, वह अनेक विषयों की वासनाओं से आक्रान्त एवं तरह-तरह की दुर्भावनाओं से घिरा रहता है। साथ ही काम, क्रोध, मद, मात्सर्य और अंहकार आदि दोषों से भी भरा रहता है। ये सब दोष ही मनुष्य के तप, जप, तीर्थ यात्रा, व्रत आदि शुभ-कार्यों को सिद्ध नहीं होने देते। अतएव इन दोषों के दूरीकरण के लिए मनुष्य में अहिंसा, सत्य, धैर्य, क्षमा, इन्द्रिय-संयम आदि गुणों का होना नितान्त आवश्यक है। यह सब बातें देवी-भागवत के निम्नाङ्कित श्लोकों में कितने भाव-भरे

शब्दों में उपदिष्ट है। देखिए-

द्रव्यशुद्धि कियाशुद्धिं मनःशुद्धिमपेक्ष्य च।
पावनानि हि तीर्थानि तपांसि विविधानि च।।

कदाचिद् द्रव्यशुद्धिः स्यात् क्रियाशुद्धिः कदाचन।
कथं शुद्धं भवेद्राजन् नानाभावसमाश्रितम्।।

कामक्रोधौ तथा लोभो ह्यहङ्कारो मदस्तथा।
सर्वविघ्नकरा ह्येते तपस्तोर्थव्रतेषु च।।

अहिंसा सत्यमस्तेय शौचमिन्द्रिय निग्रहः।
स्वधर्मपालनं राजन् सर्वतोर्थफलप्रदम्।।'

(दे. भा. 6-12, 16-21)

धर्माचरण करने के लिए प्रत्येक मनुष्य को वक्ष्यमाण धृति आदि धर्मों का पालन करते हुए अति गम्भीर, धैर्यशाली एवं शीलवान् होना परम आवश्यक है। अपनी मान-बड़ाई और तुच्छ स्वार्थसिद्धि के लिए अपने धर्म को ख्यापन नहीं करना चाहिए। धर्म को अर्थ से अधिक गोप्य समझना चाहिए। क्योंकि बखान करने से वह कपूर की तरह उड़ जाता है, व्यर्थ चला जाता है। नीति-वाक्यामृत में गम्भीर विवेचन के साथ कहा है कि-'अमूल्य रत्न के समान, अपना धर्म किसी के आगे नहीं प्रकाशित करना चाहिए'- **'अन्तःसारमिव स्वधर्मा न प्रकाशनीयः'**

इसी कारण कुलीन, महापुरुष परोपकार करके मूक हो जाते है-उसे ख्यापन नहीं करते-

'उपकृत्य मूकभावोऽभिजातानाम्'।

(नी. वा. व्य. समु.-23 वाक्य)।

इसी भाव से भगवान् व्यास ने कहा है कि-

'स्वकीयं कीर्तयेद् धर्म यो जनाग्रे स मन्दधीः।
क्षयं गतः समायाति पापस्य कथितस्य च।।'

इसी से महाभारत में कहा है कि 'पापी मनुष्य का, पाप के द्वारा छिपाया हुआ पाप, उसे पुन पाय में ही लगाता है और धर्मात्मा का धर्मत गुप्त रक्खा हुआ धर्म उसे पुन धर्म में ही प्रवृत्त करता है-

धर्मेणापिहितो धर्मो धर्ममेंवानुवर्तते।
धार्मिकेण कृतो धर्मो धर्ममेंवानुवर्तते।।'

(शा. प. 193-28)

इसी से जैन सम्प्रदाय के एक साधु ने कहा है कि-'जैसे कोई व्यक्ति जब हवा के सामने चक्की पीसने बैठता है, तो वह ज्यों-ज्यों अन्न को पीसता जाता है, त्यों-त्यों आटा उड़ता जाता है और उसका सारा परिश्रम व्यर्थ हो जाता है। ठीक उसी तरह, जो व्यक्ति व्रत और प्रत्याख्यान लेकर दृढ़ भावना से उनका पालन और गोपन

नहीं करता, उसका सारा किया कराया व्यर्थ जाता है। अत: धर्म करने के बाद यदि कोई उसे सर्व-समक्ष में प्रकाशित करता है, तो वह धर्म-कर्म नष्ट हो जाता है- फल नहीं देता-'**धर्मः क्षरति कोर्तनात्।**' ऐसे ही पाप कर्म करके यदि कोई उसे प्रकाशित कर दे और पछतावे कि- 'हाय, मैंने यह बड़ा अनुचित किया? अब मैं आगे से ऐसा काम कदापि नहीं करूँगा।' इस तरह पश्चात्ताप करके उसका प्रायश्चित्त37 कर ले तो वह पाप भी क्षीण हो जाता है। यह बात धर्म-शास्त्र में युक्ति-पूर्वक विशद् रूप से वर्णित है। याज्ञवल्क्य महर्षि ने कहा है-

तस्मात्तेनह कर्तव्यं प्रायश्चित्तं विशुद्धये।

एवमस्यान्तरात्मा च लाकश्चैव प्रसादति।।'

(या. स्मृ. 3.211)

धर्मात्मा लोगों को मद-अहंकार से भी खूब सावधान रहना चाहिए। धर्माचरण करने वालों को यह दोष चट् से पकड़ लेता है। अपने अन्दर विद्यमान अच्छी बातों को लेकर मद उत्पन्न होता है। 'में धर्मात्मा हूँ'-यह अभिमान एक मद है। मद से फूले हुए मनुष्य दूसरों को नीच मानकर पतन को प्राप्त हो जाते है। अहंकार38 करने से मनुष्य का उपार्जित सारा धर्म खटाई में पड़ जाता है। अभिमान इतना भयङ्कर दुर्गुण है कि, वह मनुष्य के सभी गुणों को हर लेता है- '**हरति सर्वभेवाभिमानः**'

इसीलिए इस विषय में महर्षि आपस्तम्बने कहा है कि-

'हृष्टो दृप्यति दृप्तो धर्ममतिक्रामति धर्मातिक्रमें पनर्नरकः ।।39'

धर्माचरण करने के लिए मनुष्य में धैर्य आदि वक्ष्यमाण गुणों का होना अत्यावश्यक है। बिना इनका संग्रह किये कोई भी व्यक्ति धर्म का उपार्जन नहीं कर सकता है। इसीलिए भगवान् मनु ने मनुष्य-मात्र के लिए धृति आदि दस गुणों के सम्पादन पर बड़ा जोर दिया है। ये दस गुण मानव-मात्र के लिए (विश्वभर के सभी मनुष्यों के लिए) परम् उपादेय बतलाये गये है। ये गुण केवल धर्मानुष्ठान के लिए ही उपयोगी नहीं है, अपितु मनुष्यों के प्रत्येक लौकिक व्यवहार के लिए भी परम उपयोगी है। अत: एवं इनके आचरण में किसी के लिए भी अधिकार की चर्चा नहीं है। क्योंकि ये सर्व-साधारण धर्म है। मनुष्य-मात्र के लिए उनके सर्वविध व्यवहार में अत्यन्त उपयोगी है-

'धृतिः क्षमा दमोऽस्तेयं शौचमिन्द्रिय - निग्रहः।
धीर्विद्या सत्यमक्रोधो दशकं धर्मलक्षणम्।।'

(मनु स्मृ. 6-92)।

ये दस धर्म, अर्थात् धर्मोत्पत्ति के साधन, आत्मज्ञान में अतीव सहायक होते है। इनके पालन से मनुष्य के ब्रह्मज्ञान में भी अतीव उत्कर्ष होता है। अत: इन गुणों का सम्पादन चारों वर्ण, आश्रम एवं वर्णाश्रम से इतर-अर्थात् सभी देश और सभी जाति के, सभी सम्प्रदाय वालों को करना आवश्यक है। क्योंकि ये धर्म मनुष्यमात्र के लिए बतलाए गये है। इनमें पहला गुण है-धृति, अर्थात् धैर्य।

धृति धर्म का बहुत बड़ा अङ्ग है। धृतिका अर्थ है-धैर्य, सन्तोष, दृढ़ता, आत्मनिर्भरता, स्वावलम्बन। मनुष्य में धैर्य-गुण की अत्यन्त आवश्यकता है। धैर्य-हीन मानव में दृढ़ता नहीं होती। धैर्य का सञ्चार होने पर ही मनुष्य में दृढ़ता, स्वावलम्बन और आत्मनिर्भरता का भाव जागृत होता है। अत: धर्माचरण करने वाले को धैर्य-शाली होना अत्यावश्यक है। लौकिक व्यवहार में भी धृति के अभाव से, कष्ट आने पर बुद्धि-भ्रश हो जाने से मनुष्य अनुत्साहित होकर अपने कर्त्तव्य से च्युत हो जाता है, अर्थात् निराश होकर निकम्मा हो जाता है। अत: प्रत्येक मनुष्य को सर्वप्रथम धैर्यवान् होना चाहिए। क्योंकि बिना धैर्य के मनुष्य की कोई भी क्रिया सफल नहीं हो सकती। धृति मानव-जीवन की धुरा है। इसलिए मनुष्य को अनीति, अनाचार, भ्रष्टाचार आदि दुर्गुणों का परित्याग करके, अपने सत्कर्म से जो भी प्राप्त हो सके, उसी में सन्तोष करना चाहिए। प्रयत्न करने पर भी यदि अभीष्ट सिद्ध न हो तो भी अधैर्य नहीं करना चाहिए, अपने कर्त्तव्य पर दृढ़ रहना चाहिए।

क्षमा का अर्थ है, किसी के अपकार करने पर भी उसका प्रत्यपकार नहीं करना अर्थात् क्षमा करना। क्षमा भी धर्म का बहुत बड़ा अंग है। क्षमा के अभाव में मनुष्य अपने माता-पिता, स्त्री, गुरुजन और बन्धु-बान्धव आदि लोगों के साथ कलह करता हुआ अपने कर्तव्य से च्युत हो जाता है। क्षमा से मनुष्य के सब काम सिद्ध होते है। अत: मनुष्य में क्षमा-गुण का होना भी अत्यन्त आवश्यक है। क्षमा निर्बलों के लिए महान् बल है, बलवानों के लिए महान् आभूषण है। यह एक वशीकरण मन्त्र है। क्षमा से मनुष्य के सब कार्य सिद्ध होते हैं। इसीलिए शास्त्रों में कहा है-

'क्षमा बलमगक्तानां शक्तानां भूषणं क्षमा।

क्षमा वशकृतिर्लोके क्षमया किं न सिद्धयति।।'

अन्त-इन्द्रिय अर्थात् मन के सयम का नाम 'दम' है। मन-सयम के अभाव में काम-क्रोध आदि दुर्व्य मनों के वश में होकर मनुष्य पथ-भ्रष्ट हो जाता है। अन्यान्य इन्द्रियों के विषयप्रवर्तन में मन-इन्द्रिय ही मुख्य हेतु है। अतः मनुष्य के अन्दर दम अर्थात् आन्तरिक इन्द्रिय-सयम का होना भी अतीव आवश्यक ही है।

अन्याय से, छल-कपट या चोरी से, परायी वस्तु का अपहरण कर लेना 'स्तेय' कहा जाता है। यह एक भयङ्कर दुर्गुण है। इस दुर्गुण से मनुष्य जिस-किसी की भी वस्तु का अपहरण करके कुमार्गगामी हो जाता है। स्तेय से बढ़कर और कोई अनर्थकारी दोष है ही नहीं, यह मनुष्य-जीवन का एक महान् कलङ्क है। इस दुर्गुण से मनुष्य की महाभयङ्कर अधोगति होती है। इस दुर्गुण का न होना 'अस्तेय' कहलाता है। धर्माचरण करने वालों में 'अस्तेय' गुण का होना भी अत्यावश्यक है। बाह्य और आभ्यन्तर भेद से शौच, अर्थात् पवित्रता-दो तरह की होती है। मृत्तिका, जल आदि से देह को शुद्ध करना-यह बाह्य-शौच अर्थात् बाहरी शुद्धि, कहलाता है। दया, परोपकार, तितिक्षा आदि गुणों के बिना मनुष्य की प्रवृत्ति धर्म की ओर नहीं हो सकती है। क्योंकि देहातिरिक्त आत्मा का ज्ञान ही मनुष्य को पारलौकिक फल वाले सत्कर्मों में प्रवृत्त करता है। अतएव धर्मानुष्ठान करने वाले व्यक्ति में इस गुण का होना तो मुख्य ही अपेक्षित है।

यथार्थ बात को कहना-सत्य गुण है। सत्य से ही धर्म की अभिवृद्धि होती है-

'धर्मः सत्येन वर्द्धते।' (मनु 8-83)।

मनुष्य प्रमादवश समय पर झूठ बोल देता है। इससे मनुष्य का सबसे बड़ा अहित होता है। झूठ बोलने से मनुष्य के मन में अन्त:करण में, मलिनता प्रविष्ट हो जाती है। मन, वचन और कर्म का-एक क्रम से रहना, ही शुद्धता है। झूठ बोलने से यह क्रम बिगड़ जाता है। क्योंकि मन में कुछ और होता है, वाणी से कुछ और ही निकलता है, तथा कर्म कुछ और ही होता है। यह इन तीनों का क्रम-बिगड़ना ही एक प्रकार का मैल है। इसलिए झूठ बोलने से मनुष्य के अन्त:करण में बड़ी मलिनसा आ जाती है। अत: सत्य के अभाव में झूठे मनुष्य पर किसी का विश्वास सही नहीं होता। इसीलिए मनुष्य में इस गुण का रहना भी अत्यन्त आवश्यक ही है।

क्रोध का कारण होने पर भी मन में क्रोध का उत्पन्न न होना-यह 'अक्रोध' कहलाता है। क्रोध मनुष्यों का महान् शत्रु है। क्रोधी पुरुष को अपने कर्तव्य और अकर्तव्य का, वाच्य-अवाच्य आदि का भान ही नहीं होता है। इसीलिए क्रोधी व्यक्ति अपने माता-पिता, गुरुजन, बन्धु-बान्धव एव स्वजनों को भी मारने दौड़ता है। अत: क्रोधी पुरुष क्या-क्या पाप (अनुचित कर्म) नहीं कर सकता है-

'क्रुद्धः पाप नरः कुर्यात् क्रुद्धो हन्याद् गुरुनपि।
क्रुद्धः परुषया वाचा नरः साधूनपि क्षिपेत्।'

अतएव क्रोध से होने वाले अनर्थों से बचने के लिए प्रत्येक मानव में क्रोध के अभाव का-अर्थात् 'अक्रोध' गुण का होना भी सर्वथा ही अपेक्षित है।

इसी प्रकार अन्यान्य बुरे विचारों से भी उनका प्रतिबिम्ब पड़कर मन में मालिन्य आ जाता है। उस मालिन्य को धो डालने की आवश्यकता है। उसी के लिए ये दस प्रकार के सदाचार मनुष्यमात्र के लिए बतलाये गये है। इनके आचरण से चित्त अतीव निर्मल हो जाता है।

प्रत्येक व्यक्ति को अपनी मानवता के विकास के लिए, अर्थात् अपने जीवन को विशुद्ध और सुखमय बनाने के लिए धर्म और जीविका के उपार्जन की अनिवार्य आवश्यकता है। परन्तु त्रिगुणात्मक जगत् में सभी मनुष्यों के लिए, एक ही तरह की, एक प्रकार की, व्यवस्था से धर्मोपार्जन तथा जीविकोपार्जन करना संभव नहीं है। इसीलिए प्रकृति के नैसर्गिक गुणों के अनुसार मानव-समाज में चार विभाग करके, उनके कल्याण के लिए, उनकी रुचि, प्रकृति, योग्यता और अधिकार के अनुसार परमात्मा ने चारों वर्ण और आश्रमों के लिए धर्म एव जीविकोपार्जन के मार्ग और प्रकार भिन्न-भिन्न तरह के बनाए है। उसी ईश्वर-निर्मित व्यवस्था को 'वर्णाश्रम-व्यवस्था' कहते है। तद्नुसार ब्राह्मण, क्षत्रिय, वैश्य, शूद्र एवं वर्णेतर जाति के-भिन्न-भिन्न तरह के-लोगों के कल्याण के लिए उनकी योग्यता के आधार पर धर्म तथा जीविका के उपार्जन के लिए जा-जो शास्त्रीय नियम बने है, उन्हीं का नाम है- 'वर्णाश्रम-धर्म।' अर्थात् वर्णधर्म और आश्रम-धर्म।

तत्तत् कर्मों का विधान धर्म और जीविका के उपार्जन करने के लिए किया गया है। वर्गाश्रम व्यवस्था के अनुसार मनुष्यों के कुछ कर्म तो धर्मोपार्जन के लिए विहित है और कुछ उनके जीविकोपार्जन के लिए। कुछ ऐसे भी कर्तव्य है, जिनसे

कि धर्म और जीविका-दोनों का ही उपार्जन होता है। जैसे कि ब्राह्मण के लिए अध्यापन, याजन और प्रतिग्रह क्षत्रिय के लिए प्रजा-पालन, राष्ट्र की सुरक्षा और शूद्र के लिए सेवा।

इसी कारण ब्राह्मण आदि चारो वर्ण, तथा वर्णेतर जाति वाले लोग भिन्न-भिन्न प्रकार से धर्म का सञ्चय करते है। अर्थात् लक्ष्य एक होने पर भी अर्थोपार्जन की ही भाँति, धर्म के उपार्जन करने का मार्ग भी सबके लिए भिन्न-भिन्न तरह का है। उसी भिन्न ढङ्ग का नाम 'वर्ण-धर्म है। वर्ण-धर्म के अनुसार अपने कर्तव्य-नियमों का अनुसरण करके अपना-अपना कर्तव्य करता हुआ प्रत्येक मनुष्य अनायास ही आत्म-कल्याण सम्पादन कर सकता है-

'वृत्या स्वभावकृतया वर्तमानः स्वकर्मकृत्।
हित्वा स्वभावज कर्म शनैनिर्वीर्यतामियात्।।'

(श्रीमद् भागवत-7-11-32)

धर्म में अपार शक्ति है। वह सदा सत्यरूप है। सत्य एक है। धर्म उसी सत्य का दूसरा नाम है। इसीलिए महाभारत में कहा है कि- 'जो सत्य है, वही धर्म है। जो धर्म है, वही प्रकाश है और जो प्रकाश है, वही सुख हैं। इसके विपरीत-जो अनृत अर्थात् असत्य है, वही अधर्म है। जो अधर्म है वही अन्धकार है और जो अन्धकार है, वही दुख है'-

'तत्र यत् सत्यं स धर्मो यो धर्मः स प्रकाशो यः प्रकाशस्तत् सुखमिति।

तत्र यदनृतं सोऽधर्मो योऽधर्मस्त-त्तमो यत्तमस्तद् दुःखमिति।।

'(शान्ति प. 190/5)

सत्य के सामने असत्य कभी भी ठहर नहीं सकता। सत्य तत्त्व के अन्दर जगत् का अस्तित्त्व, ऐश्वर्य, स्थिरता क्रममुक्ति-आदि सब निर्भर है। अतएव मनुष्य-मात्र के धर्म को सत्य तत्त्व नियन्त्रित करता है। इसलिए धर्म का अतिक्रमण करना, मनुष्य-मात्र के लिए असम्भव एवं विनाशकारी है।

उसी धर्म के ज्ञान के लिए, ऋषि-महर्षियों ने अपने अनन्त-अनन्त जन्मों का तपोबल खर्च करके, उसका साक्षात्कार किया है और मनु आदि राजर्षियों तथा मरीचि आदि महर्षियों ने जगत्कल्याणार्थ उसे सगृहीत करके, दूर-दृष्टि रखते हुए लोगों के सामने उसको श्रुति, स्मृत्यादि रूप में रक्खा है। जिससे कि सर्वदेश और सर्वकाल के मनुष्यों का-अपने अधिकार एवं योग्यता के अनुरूप, अधर्म से हटकर, धर्म पथ पर चलते हुए-क्रम-मुक्ति की ओर जाना सुगम हो जाय। और ऐहलौकिक ऐश्वर्य एवं सबका अबिरोध भी अखण्ड बना रहे।

धर्म साक्षात् परमेंश्वर का सासारिक रूप है। मनुष्य को परमेंश्वर से मिलाने का वह एक अद्वितीय साधन है। अत: धर्म की अवहेलना ईश्वर को अवहेलना है- सत्य से दूर हटना है। यदि नीतिशास्त्र धर्म के सिद्धान्तों के प्रतिकूल है, तो वह नीतिशास्त्र नही- अनीतिशास्त्र है। उचित और अनुचित, न्याय और अन्याय, इन सबकी कसौटी, धर्म है। धर्म के अन्दर यह सारा विश्व है। धर्म में अपार बल है। एकान्त में कहो किसी का धन पड़ा हो, अथवा किसी की युवती के साथ निवास हो,

तब इन दोनों वस्तुओं की ओर जिनका मन न आकृष्ट हो-ऐसे व्यक्ति संसार में अत्यन्त ही दुर्लभ है। इसी कारण भगवान् मनु ने, बड़े-बड़े विवेकियों के लिए भी अपनी माता, बहिन एवं कन्या तक के साथ भी यथेष्ट सहवास करने का तीव्र निषेध किया है। उन्होंने कहा है कि-

'मात्रा स्वत्रा दुहित्रा वा न विविक्तासना भवेत्।
बलवान् इन्द्रियग्रामो विद्वांसमपि कर्षति।।' (म. स्मृ. 2.215)।

परन्तु, जिस व्यक्ति का मन पवित्र हो, जिसके मन पर धर्म की पूरी छाप हो, उस पवित्रात्मा के लिए यह बात नहीं है। अत: जो व्यक्ति सचमुच धर्मात्मा हो, दम्भी न हो, उस पर सभी को विश्वास होता है। सच्चे धर्मात्मा से किसी को, कभी भी, किसी बात का भय नहीं होता। क्यांकि लोकोत्तर चरित्रशाली धर्मात्माओं का मन एकान्त में भी, कभी परस्त्री और परद्रव्यकी ओर आकृष्ट नहीं होता। क्योंकि-

'मातृवत् परदारेषु परद्रव्येषु लोष्ठवत्।'

इस सदाचार के परिपालन से-**'धर्मों रक्षति रक्षितः'** के अनुसार उनका रक्षित धर्म स्वयं उनकी सुरक्षा करता है। अर्थात् स्वधर्मानुष्ठान से सत्पुरुषों का अन्त:करण इतना पूत हो जाता है कि, उनका मन कभी स्वप्न में भी अधर्म की ओर नहीं प्रवृत्त होता। इसीलिए महाराज दुष्यन्त को अपने मन पर बड़ा विश्वास था। ब्रह्मर्षि कण्व के आश्रम में, राजकन्या शकुन्तला की ओर चित्त आकृष्ट हो जाने पर उसको यह निश्चय हो गया कि- 'यह ब्राह्मण-कन्या नही, क्षत्रिय-कन्या है।' इसलिए

उसने आत्म-विश्वासपूर्वक शकुन्तला से स्वयं कह दिया कि-

व्यक्तं राजन्य-तनयां वेद्म्यह त्वां सुमध्यमें।

न हि चेतः पौरवाणाम् अधर्मे रमते क्वचित्।।'

(श्रीमद्भगवत - 9 - 20, 12)

अतएव धर्म का प्रभाव अलोकिक है। वह मन और वाणी का गोचर नहीं है। यह समस्त ब्रह्माण्ड एकमात्र धर्म के ही बल पर टिका है। धर्म ही इस संसार की नींव है। माता-पिता, बन्धु-बान्धव, सुहृद-मित्र-आदि इष्ट-जनों की अपेक्षा धर्म ही मनुष्य का सबसे अधिक, सच्चा हित-चिन्तक और संरक्षक है। इस तथ्य को पाश्चात्य- दार्शनिकों ने भी स्वीकार किया है। पाश्चात्य विद्वान् 'कार्लाइल' ने कहा है कि- "मानव में धर्म ही मुख्य वस्तु है। धर्म से ही मनुष्य एवं समाज महान् हो सकते है।"

जैन-दर्शन के महाविद्वान् श्री शुभ्रचन्द्र ने कहा है कि- 'धर्म भारी से भी भारी आपत्तियों में प्राणियों की सुरक्षा तथा सुखरूपी अमृत की समृद्धि करके सारे ही जगत् को आप्यायित करता है-

'धर्मा व्यसन-सम्पति पाति विश्वं चराचरम्।

सुखामृतपय-पूरै प्रीणयत्यखिलं जगत्।।'

धर्मशास्त्र के प्रतिपाद्य विषयों की ओर संकेत करते हुए अङ्गिरा-स्मृति में कहा है कि-

'यत् पूर्वमृषिभिः प्रोक्तं धर्मशास्त्रमनुत्तमम्।

तत् प्रमाणं तु सर्वेषां लोकधर्मानुवर्णनम्।।'

'अर्थात् ब्राह्मण, क्षत्रिय, वैश्य, शूद्र तथा वर्णसङ्कर जाति वालों के भी आजीवन कर्तव्यों का अनुविधान ही धर्मशास्त्र का उद्देश्य है।' श्रीमद्-भगवद्गीता के सोलहवें अध्याय में, जो 'दैवी-सम्पत्ति39' बतलायी गयी है, वह देवताओं की प्रकृति है। और जो 'आसुरी सम्पत्ति40' बतलायी गयी है, वह असुरों की प्रकृति है। आसुरी-सम्पत्ति ही अति-निकृष्ट कोटि को प्राप्त होकर 'राक्षसी-प्रकृति' बन जाती है। इन दैवी और आसुरी प्रकृतियों के मध्य में है- 'मानुषी प्रकृति'। इसीलिए मनुष्य-समाज कभी तो दैवी-प्रकृति के अनुरूप आचरण करता है और कभी-कभी आसुरी प्रकृति के अनुरूप आचरण करने लगता है। दैवी-सम्पत्ति से मोक्ष प्राप्त होता है ओर आसुरी-सम्पत्ति से बन्धन।

'देवीसम्पद् विमोक्षाय निबन्धायासुरी मता।'

ऐसी परिस्थिति में मनुष्य जिस प्रकार आसुरी-सम्पत्ति के अनुरूप आचरण करने की प्रवृत्ति को छोड़कर, मन, वचन और शरीर से देवी प्रकृति के ही अनुकूल आचरण करे-यह मार्ग बतलाने के लिए ही धर्म-शास्त्र का आविर्भाव हुआ है। अत: प्रत्येक मनुष्य को अपनी-अपनी उन्नति का सही मार्ग जानने के लिए धर्मशास्त्र का ज्ञान नितान्त अपेक्षित है। हम लोग स्वार्थ के प्रलोभन में पड़कर, अथवा अन्य अनेक कारणों से न्याय का आचरण छोड़ देते है। ऐसे अवसरों पर हमें अपने ऊपर पूर्ण अधिकार रखना चाहिए। भय अथवा लोभ के वश में न होकर हमें अपने आपको

बचाना चाहिए। इसीलिए भगवद्-गीता में कहा है कि- 'यह सद्गुणों की सम्पत्ति प्रत्येक मानव के भाग में आयी हुई है- अत: प्रत्येक मनुष्य को इसका उपयोग करना चाहिए-

'मा शुचः सम्पदं दैवीम् अभिजातोऽसि भारत।'

●●●

समाप्ति नोट (Endnote):-

1. सत्कर्म से उत्पन्न होने वाला 'अपूर्व' (पुण्य) नामक आत्म-गुण। यह धर्म हो मनुष्य को सर्वविध उन्नति का कारण है।
2. **(सांख्य-कारिका)**।
3. अभ्युदय का अर्थ है- अभित उदम-अर्थात् सब तरह से आगे बढ़ना, उन्नति को प्राप्त होना।
4. निःश्रेयस का अर्थ है- 'निश्चित श्रेय निःश्रेयसम्।' निश्चित फल अर्थात् जो कभी भी क्षीण नहीं होता, ऐसे परम आनन्द की, सर्वोच्च लक्ष्य की प्राप्ति, भगवत्प्राप्ति अथवा मोक्ष की प्राप्ति। अथवा, नास्ति श्रेयान् यस्मात् तत् निःश्रेयसम्-जिससे बढ़कर और कोई उत्तम फल न हो।
5. धर्म शब्द धृञ् धरणे, इस धातु से बना है। इसका अर्थ होता है- धारण करने वाला, पालन-पोषण करने वाला। अथवा-अवलम्बन देनेवाला।
6. महर्षि गौतम का धर्म लक्षण भी इसी अभिप्राय को पुष्ट करता है।
7. जीवों के इष्ट अनिष्ट और मिश्रित रूप-त्रिविध कम-फल का दाता ईश्वर ही है। क्योंकि कर्म और उनसे उत्पन्न होने वाला अपूर्व-ये दोनों ही जड़ हैं। अतः ईश्वर की प्रेरणा के बिना वे फल नहीं दे सकते। इसलिए कर्मों का फलदाता ईश्वर ही है।

8. कार्य और कारण का अभेद मानकर, धर्म के साधनों को भी धर्म कहा गया है। महर्षि याज्ञवल्क्य ने कहा है- अहिंसा सत्यमस्तेय शौचमिन्द्रियनिग्रहः। दान दमो दया शान्ति सर्वेशा धर्मसाधनम्।।

9. क्योंकि अधर्म और अवनति का परस्पर कार्य-कारण भाव है।

10. कार्य-कारणयोरभेदेन निर्देशात्, तद्धेतौ तद्भाव। इसी दृष्टि से अर्थात् कारण में कार्य का आरोप करके ही शास्त्रों में प्रायः धार्मिक-विधि, धार्मिक-क्रिया, संस्कार, यज्ञ, दान, सत्य, दया आदि प्रत्येक सत्कर्म के लिए 'धर्म' शब्द प्रयुक्त हुआ है। इसीलिए वेद की- 'यज्ञेन यज्ञमयजन्त देवास्तानि धर्माणि प्रथमान्यासन्।' यह ऋचा भी इसी अर्थ को प्रमाणित करती है। इसी अभिप्राय से हिंसा, बैर, विद्वेष, असत्यभाषण आदि अनुचित कर्तव्यों के लिए 'अधर्म' शब्द का प्रयोग होता है।

11. शिष्ट-जनों का आचार-आर्य लोगों के आचार और व्यवहार।

12. धर्म के विषय में सन्देह करना अनथ का हेतु होता है। महाभारत में कहा है- धर्मो यस्यामिशक्य. स्यादार्ष वा दुर्बलात्मनः। वेदाच्छूद्र इवोपेयात् स लोकादरामरात्।। पापीयान् स हि शूद्रेभ्यस्तस्करेभ्यो विशिष्यते। शास्त्रातिगो मन्दबुद्धिर्यो धर्ममभिशंकते।। (वनपर्व 31.7.11)।

13. नेत्र आदि इन्द्रियों से प्रत्यक्ष न हो सकने के कारण धर्म और अधर्म को 'अदृष्ट' कहते है-'न दृश्यते इति अदृष्टम्'।

14. प्रवृत्तिमार्ग-'प्रवृत्तिर्लक्षण यस्य स प्रवृत्ति-लक्षण = ऐहिकामुष्मिक-लोकप्रापक-कर्मानुष्ठानादौ प्रवृत्तिरेव स्वरूप यस्य स., पुरुषार्थत्रय-

साधनरूपो धर्म।'

15. निवृत्तिमार्ग-'निवृत्ति., निवृत्तिधर्म = मोक्षधर्म इति यावत्। निवृत्ति लक्षण यस्य स निवृत्तिलक्षण.। ऐहिकामुष्मिक-लोकप्रापक-कर्मानुष्ठानादिभ्यो या निवृत्ति, तत्पूर्वको निवृत्तिधर्म.।

16. लोकस्य संग्रह-स्वधर्म प्रवर्तनम्। (नीलकण्ठी-टीका-गीता) लोकाना स्वे स्वे धर्मे प्रवर्तनम्, उन्मार्गान्निवर्तन च, लोक संग्रह.। (मधुसूदनी टीका) लोकस्य उम्मार्गप्रवृत्ति-निवारणं, लोकसंग्रह। (माष्योत्कर्ष दीपिका)

17. कर्त्तव्यरूप कर्मों में, अर्थात् यज्ञ, दान आदि सत्कर्मों में प्रवृत्ति।

18. शम, दम, दया, तितिक्षा आदिरूप मोक्षधर्मों का अनुष्ठान। (आनन्दगिरिटीका-द्विविधो हि वेदोक्तो धर्म। (1) प्रवृत्तिलक्षण, (2) निवृत्तिलक्षणश्चेति। यागदानादि-प्रवृत्तिसाध्य धर्मम्। निवृत्तिरूपस्य, शमदमाद्यात्मनो गमकमाह-ज्ञानेति। विवेकवैराग्यातिशये शमदमाद्यतिशयो गम्यते। ततो विवेकादि तस्य गमकमित्यर्थ: प्रवृत्तिलक्षणो धर्मोऽभ्युदयार्थिना साक्षादभ्युदयहेतु-र्नि श्रेयसार्थिना परम्परया नि:श्रेयस-हेतु। निवृत्तिलक्षणस्तु साक्षादेव नि:श्रेयसहेतुरिति विभाग:।)

19. लोकधारणाद् धर्म इति निरुच्यते।

20. अभ्युदय का अर्थ है-अभित. हृदय होना, आगे बढना, उन्नति को प्राप्त होना, सुखी होना।

21. नि:श्रेयस का अर्थ है-निश्चित फल को प्राप्त कर लेना, सुख की पराकाष्ठा को प्राप्त हो जाना।

22. अर्थात् शास्त्रों द्वारा उपदिष्ट कर्म-फल कर्म करने वाले को ही मिलता है- दूसरे व्यक्ति को नहीं, (कहीं-कहीं - श्राद्ध आदि कर्मों में, दूसरों को भी मिलता है।)

23. इसलिए युद्ध के समय अर्जुन को दया की गणना अधर्म मे हुई- 'कुतस्त्वा क्श्मलमिद विषमे समुपस्थितम्।'

24. सम्यक् चासौ आचार। अर्थात् समीचीन आचार, यानी अच्छे आचरण।

25. कौन-कौन से कायिक, वाचिक और मानसिक व्यापार समीचीन है, और कौन-कौन असमीचीन है-इस बात का निर्णय एकमात्र धर्मग्रन्थों से ही हो सकता है। इसीलिए महर्षि शुक्राचार्य ने कहा है कि-'शास्त्रत सदसज्ज्ञात्वा'।

26. इसीलिए कहा है कि-'आचार कुलमाख्याति।' मन्त्रतस्तु समृद्धानि कुलान्यल्पधनान्यपि। कुलसंख्या च गच्छन्ति कर्षन्ति च महद्यश.।

27. इसी से मनु ने कहा है-'कुविवाहै क्रियालोपै वेदानध्ययनेन च। कुलान्यकुलता यान्ति ब्राह्मणातिक्रमेण च।

28. तमातपक्लान्तमनातपत्र-माचारपूत पवन, सिषेवे। (रघु. 2-)

29. इसीलिए स्मृतिम कहा है कि- 'देश काल तथात्मान द्रव्य द्रव्य प्रयोजनम्। उपपत्तिमवस्था च ज्ञात्वा शौच प्रकल्पयेत्।।' देखिये श्रीमद्भगवत के 11 स्कन्ध का-21वाँ अध्याय याज्ञवल्क्यस्मृति, मिताक्षरा सहित का द्रव्यशुद्धिप्रकरण और मनुस्मृति का 5वाँ अध्याय।

30. इसीलिए कहा है कि- 'येषु स्थानेषु यच्छौच धर्माचाराश्च यादृशा। तत्र

तन्नावमन्येत ....।।'

31. इसीलिए महर्षि व्यास-देव ने कहा है कि- 'न भजति कुमनीषिणा स इज्या हरिरधनात्मधनप्रियो रसज्ञ.। श्रुतधनकुलकर्मणा मदैर्ये विदधति पापमकिंबनेषु सत्सु।'

32. हृष्टो हि प्रमाद्यति, प्रमत्तो हि धर्ममतिक्रामति।

33. 'अहङ्कारच्युताना तु केशवो न हि दूरत। अहङ्कारयुताना च मध्ये पर्वतकोटय. (काशी रहस्य)

34. एतद् दशविध धर्म-स्वरूपम्। अत्र कार्य-कारणयोरभेदेन निर्देश। अर्थात् यहाँ धैर्य आदि धर्म के साधनो को भी (धर्मोत्पत्ति के साधन होने से) धर्म कह दिया है।

35. क्षमा = परेण अपकारे कृते तस्य प्रत्यपकारानाचरण क्षमा।

36. अस्तेयम् = अन्यायेन परध गदिग्रहणं स्तंयं तद्भिन्नम् अस्तेयम्।

37. शौत्तम् = यथ शास्त्र मृज्जलाभ्या देहशोधन शौचम्।

38. क्रोषहेतौ सत्यपि क्रोधानुत्पत्ति, अक्रोध।

39. जिन सद्गुणों को 'देवी-सम्पत्ति' कहा गया है, वे सद्गुण ये है-"निर्भयता, चित्त-शुद्धि, ज्ञान-योग में तत्परता दातृत्व, बाह्य-इन्द्रियों का संयम, यज्ञ, स्वाध्याय, सरलता, अहिंसा, सत्य-भाषण, अक्रोध, त्याग, शान्ति, चुगली न करना, प्राणिमात्र पर दया, विषय-लम्पट न होना, नम्रता, लोक-लज्जा, स्थिरता, तेज, क्षमा, धैय, पवित्रता, दूसरे से डाह न करना, और अभिमान का अभाव।" ये सब दैवी-सम्पत्ति के गुण हैं।

40. दम्भ, दर्प, अभिमान, क्रोध, मर्मवेधक भाषण, और अज्ञान-ये सब आसुरी-सम्पत्ति के लक्षण हैं।

तृतीय अध्याय

सनातन संस्कृति में अर्थ की अवधारणा

मानव जीवन के द्वितीय पुरुषार्थ के रूप में 'अर्थ' को स्वीकार किया गया है। जिसके द्वारा मनुष्य के इस लोक और परलोक के समस्त प्रयोजन सिद्ध होते है, उसको 'अर्थ' कहते है- **'यतः सर्वप्रयोजन-सिद्धिः स अर्थः।'** अर्थ मनुष्यों के भोग, आरोग्य और धर्म का मुख्य साधन है। इसी से अर्थ की ओर सबकी प्रवृत्ति होती है। महर्षि चाणक्य ने कहा है- **'अर्थार्थ प्रवर्तते लोकः।1'** अर्थ पुरुषार्थ का अर्थ है- अभिलषित वस्तु। अतः अर्थ को सभी प्राप्त करना चाहते है। इसीलिए उसका 'अर्थ' नाम ही सार्थक है- **'अर्थ्यते सर्वैः इति अर्थ।'**2 अर्थात् जिसको प्राप्त करने की अभिलाषा सब करते हैं, उसे अर्थ के रूप में स्वीकार किया गया है। प्राणियों की सुख-समृद्धि का मूल है- धर्म। और धर्म का मूल है- अर्थ। **'सुखस्य मूलं धर्म'।' 'धर्मस्य मूलम् अर्थः।3'** सुख को सब चाहते है, इसलिए सुख के लिए ही सब लोग अर्थ को चाहते है। इसीलिए महर्षि कौटल्य ने त्रिवर्ग में 'अर्थ' को ही प्रधान मानकर उसे धर्म और काम का मूल बतलाया है- **'अर्थ एव प्रधान इति कौटल्यः। अर्थमूलौ धर्मकामौ।4'**

अर्थ उस वस्तु को कहते है, जिससे कि प्राणियों का जीवन चल सके।

अतः अर्थ पर ही सबकी जीविका निर्भर है। अर्थ का मूल साधन है- वृत्ति, अर्थात् आजीविका। अर्थ पर ही धर्म और काम निर्भर है- **'वृत्तिमूलम् अर्थः।' 'अर्थमूलौ धर्मकामौ।5'** इस दृष्टि से भूमि, धन, द्रव्य, विद्या, कला, कृषि, पशुपालन आदि आजीविका-सम्बन्धी प्रयोजन की सभी वस्तुओं को अर्थ6 कहा जाता है। इसीलिए महर्षि वात्स्यायन ने अर्थ की बड़ी व्यापक परिभाषा की है। उन्होनें कहा है कि7- विद्या, भूमि, सोना-चाँदी, पशु, धन-धान्य, बर्तन-भाँडा, लकड़ी, लोहे का सामान ओढ़ना-बिछाना, अर्थात् घर-गृहस्थी का सब सामान एवं मित्र का अर्जन और अर्जित का वर्द्धन-यह सब अर्थ है'- **'विद्या-भूमि-हिरण्य-पशु-धनधान्य-भाण्डोपस्कर मित्रादीनाम् अर्जनम्, अर्जितस्य च विवर्धनम् अर्थः।8'** अर्थ का मूल है-वार्ता। इसीलिए महाभारत में कहा है कि- **'कर्मभूमिरियं राजन्निह वार्ता प्रशस्यते। कृषि-वाणिज्य-गोरक्ष्यं शिल्पानि विविधानि च।।9'** 'अर्थात् यह संसार कर्मभूमि है। अतः यहाँ जीविका के साधनभूत कर्मों की ही प्रशंसा होती है। खेती, व्यापार, गोपालन, तथा भांति-भांति के शिल्प-सब अर्थ-प्राप्ति के साधन है। **'अर्थमूलं कार्यम।'10।** मनुष्यों के सभी कार्य अर्थ-मूलक है। अर्थ ही समस्त कर्मों की मर्यादा के पालन में सहायक होता है। अर्थ के बिना धर्म और काम-कोई भी सिद्ध नही होते ऐसा श्रुति का कथन है। श्रुति ने कहा है कि, 'धर्म और काम ये दोनों अर्थ के ही दो अवयव है। अतः अर्थ की सिद्धि से इन दोनों की भी सिद्धि हो जाती है।

अर्थशास्त्र के सिद्धान्तानुसार 'अर्थ' शब्द का मुख्य अर्थ 'पृथिवी' है। आचार्य चाणक्य ने कहा है कि- **'मनुष्याणां वृत्तिः अर्थः। मनुष्यवती**

भूमिरित्यर्थः।' अर्थात् मनुष्यों की समस्त आजीविकाओं का जो मूल आधार अर्थात् उद्गम का क्षेत्र है, जिसमें मनुष्य आदि प्राणियों के रहन-सहन, एवं प्राणयात्रा-(अर्थात् जीवन-निर्वाह) के सम्पूर्ण साधनों का उद्गम होता है, उसको 'अर्थ' कहते है। इस परिभाषा के अनुसार धन, धान्य, वस्त्र, गृह, सम्पत्ति आदि समस्त जीवनोपयोगी पदार्थों की जनयित्री, अर्थात् पृथिवी ही मुख्य अर्थ है। भूमि ही सकल प्राणियों का स्थिर आधार है। भूमि से ही सब प्राणियों की जीविका के समस्त साधन-अन्न आदि पदार्थों की उत्पत्ति होती है। अत: मुख्य अर्थ भूमि है। इसीलिए महर्षि कौटल्य ने सब वस्तुओं की अपेक्षा भूमि की ही सर्वाधिक महिमा बतलायी है। अत: भूमि से अतिरिक्त अन्य सब वस्तु गौण अर्थ है। यह भूमि सम्पूर्ण प्राणियों के सुखों की खान है। इसी के लिए देवता और दैत्य भी लड़ते रहे। इसी के लिए बड़े-बड़े भूमि पति लोग अपना सर्वस्व नष्ट कर देते है। अत: जो व्यक्ति अपने उपभोग के लिए घन और जीविका की तो सुरक्षा करता है, परन्तु अपनी भूमि को सुरक्षित नहीं रखता, उसका धन और जीविका-दोनों ही व्यर्थ है।

भूमि में उत्पन्न होने वाले धान्य आदि अन्न से ही सब लोग जीते है, इसलिए शास्त्रों में अन्न को भी अर्थ कहा गया है- **'न हि धान्यसमो ह्यर्थः।11'** इसीलिए शास्त्रों में अन्न-संग्रह के विषय में बड़ा जोर दिया है। वेद में कहा है कि-'अन्न को बढाना चाहिए'- **'अन्नं बहुकुर्वीत।12'** अन्न का साधन कृषि है। इसीलिए कृषि-शास्त्र के मर्मज्ञ महर्षि पराशर ने कहा है कि- 'प्राणियों के हित को दृष्टि में रखते हुए धर्मानुसार यथोचित रीति से कृषि कर्म के द्वारा अन्न का उत्पादन करके13 खल-यज्ञ को पूर्ण करके कृषि के द्वारा मनुष्य सुखोपभोग की सामग्री से सम्पन्न हो जाता है।

अतः मनुष्य यदि धर्मानुसार कृषि कार्य करता है, तो फिर कृषि से बढ़कर न कोई धर्म है और न कोई लाभ है। और उससे बढ़कर कोई सुख-साधन14 भी नहीं है'। उसे अन्न और वस्त्र का अभाव नहीं रहता। क्योंकि खाने-पीने के लिए ताजा अन्न और वस्त्रों के लिए कपास-यह सब कृषि से15 ही उत्पन्न होता रहता है। इसी प्रकार गाय, भैंस आदि पशुओं का पालन करने वाले को अतिथि-सेवा का अभाव और दु:ख प्राप्ति नहीं होती। ऐसे ही विद्यावान् मनुष्य के पास निर्धनता और असत्यता नहीं आती। और सदाचार-निष्ठ पुरुष को कभी भी स्थानहीनता और भाग्यहीनता नहीं होती **'अवस्त्रत्वं निरन्नत्व कृषितो नैव जायते। अनातिथ्यं च दुःखित्वं गोमतो न कदाचन।।** इस प्रकार अर्थशास्त्र की दृष्टि से यद्यपि अर्थ-शब्द का अर्थ और उसकी परिभाषा बहुत ही व्यापक है, तथापि धन से ये सभी सुख-साधन की वस्तुएँ सुलभ हो जाती है। अतः धन ही सबका मूल होने के कारण 'अर्थ' शब्द लोक में प्राय धन-अर्थ में ही अधिक रूढ़ हो गया है। इसी दृष्टि से देवी भागवत पुराण में कहा है- **'सुखानां साधनं द्रव्यं, धनात् सुख-समुच्चयः। धनमर्जय,.।।'**

धन- शब्द की व्युत्पत्ति है16- धिनोति, इति धनम्, अर्थात् जो लोगों को सुख देता है, तृप्त करता है, प्रसन्न करता है- जिसमें सबको प्रसन्न करने की तृप्त करने की शक्ति है, उसको 'धन' कहते है। इसीलिए निरुक्तकार यास्क महर्षि ने 'धन' शब्द की निरुक्ति इस प्रकार की है-**'धन कस्मात्?'** अर्थात् अर्थ को धन क्यों कहते हैं? **'धिनोतीति यतः'**17 इसलिए कि वह सबको तृप्त कर देता है। अथवा **'दधन्ति (फलति) इति धनम्।'** जो फले-फूले यानी फलने वाली वस्तु। अर्थात् जीवन-व्यवहारोपयोगी अन्न, धन, विद्या, भूमि तथा-समस्त भोग्य-पदार्थों के विनिमय

का साधन। इसीलिए अर्थ को 'वित्त' भी कहा जाता है। वित्त-शब्द का अर्थ है- **'वित्तते त्यज्यते इति वित्तम्18'** अर्थात् दान और उपभोग में जिसका उपयोग किया जाता है, उसको वित्त कहते है। इसी से व्यवहार में अर्थ का बहुत महत्व है। देवर्षि नारद ने कहा है कि 'मनुष्यों की सारी ही क्रियाएँ अर्थ-मूलक है। अतएव उसके उपार्जन में मनुष्य को महान् प्रयत्न करना चाहिए'- **अर्थमूलाः क्रियाः सर्वा यत्नस्तस्यार्जने मतः। (नारदस्मृति)।** महर्षि शुक्राचार्य कहते है कि-

'निर्धनस्त्यज्यते भार्यापुत्राद्यैः सगुणोऽप्यतः।
संसृतो व्यवहाराय सारभृतं धनं स्मृतम्।
अतो यतेत तत्प्राप्त्यै नरः स्वायसाहसैः।।19'

'अर्थात् निर्धन मनुष्य चाहे कितना ही गुणवान् भी क्यों न हो, तो भी उसके स्त्री, पुत्र, और परिवार वाले उसका कुछ भी आदर नहीं करते- उसका परित्याग कर देते है। अतः जगत् में व्यवहार के लिए धन का बहुत बड़ा महत्व है। इसलिए मनुष्य को सत् उपाय, सत् साहस आदि साधनों के द्वारा अर्थ का उपार्जन अवश्य करना चाहिए।' जिस प्रकार पर्वतों से अनेकों झरने और नदियाँ निकलती है, वैसे ही न्यायोपार्जित अर्थ को भलीभाँति बढ़ाकर, उसे तत्-तत् उपयोगी कार्यों में लगा देने पर उससे धर्मसम्बन्धी क्रियाओं के भिन्न-भिन्न स्रोत उत्पन्न होते है- **'अर्थेभ्यो हि प्रवृद्धेभ्यः प्रवृत्तेभ्य इतस्ततः। प्रवर्तन्ते क्रियाः सर्वाः पर्वतेभ्य इवापगाः।।'**

अतएव अर्थ का उपार्जन, सवर्धन, संरक्षण एवं सदुपयोग नियमपूर्वक करना चाहिए। अर्थ से परोपकार आदि के द्वारा पुण्योपार्जन करना परलोक के लिए

भी सुख का साधन होता है। अर्थ से धर्मानुष्ठान और धर्म के अनुष्ठान से उत्तम सुख प्राप्त होता है। इसी से शुक्राचार्य ने कहा है- **'यज्ञार्थं द्रव्यमुत्पन्नं यज्ञः स्वर्गसुखाय च।20'**

अर्थ का झुकाव धर्म और काम-दोनों ही पुरुषार्थों की ओर रहता है, अत: वह धर्म और काम, इन दोनों ही पुरुषार्थों का मूल है। जैसे नदी अथवा नहर से उसके अगल-बगल, दोनों ही ओर को जल की कुल्याएँ (नालियाँ) निकलती है-जिनसे कि उसके दोनों ही किनारों की भूमि हरी-भरी होती है। ठीक उसी तरह, अर्थ भी धर्म और काम दोनो-पुरुषार्थों की ओर चलता हुआ दोनों को ही परिपुष्ट करता है। अतएव अर्थ धर्म और काम-इन दोनों का प्राण है। बिना अर्थ के न तो धर्म ही सिद्ध हो सकता है और न काम ही सफल हो सकता है। अत: धर्म और काम, इन दोनों का मूल है-अर्थ। इसीलिए त्रिवर्ग को गणना में अर्थ को 'देहली-दीपक' न्याय से धर्म और काम, इन दोनों के मध्य में रखा गया है। क्योंकि अर्थ के बिना धर्म और काम, दोनों ही अपूर्ण रहते है। इस दृष्टि से यद्यपि अर्थ के फल धर्म ओर काम, दोनों है, अत: दोनों में से किसी में भी अर्थ का स्वेच्छया उपयोग किया जा सकता है, **'धनाद् धर्मं ततः सुखम्।'** इस सूक्ति के अनुसार अर्थ का वास्तविक फल धर्म ही है, काम उसका गौण फल है। अत: अर्थ का उपार्जन करके उसका विनियोग धर्म में न करके केवल कामोपभोग में ही उसका उपयोग करना-अमूल्य मणि को छोड़कर, नि:सार काच को ग्रहण करने की जैसी मूर्खता है। अर्थात् अर्थोपार्जन का प्रयोजन एकमात्र धर्म है, अत: अर्थ केवल धर्म के लिए है, भोग-विलास उसका (मुख्य) फल नहीं माना गया है।' इसीलिए धर्म का मूल-स्रोत होने के कारण ही अर्थ को भी पुरुषार्थ माना गया है।

त्रिवर्ग की निष्पत्ति के लिए अर्थ एक असाधारण कारण है। इससे धर्म, अर्थ और काम-तीनों ही पुरुषार्थ सिद्ध होते है। अत: जगत् में अर्थ की बड़ी महिमा है। वह सब सिद्धियों का मूल है। संसार के छोटे-से बड़े तक जितने भी कार्य है, वे सब अर्थ पर ही अवलम्बित है। कोई भी कार्य ऐसा नही, जो कि अर्थ से सिद्ध न हो सकता हो। संसार भर के सम्पूर्ण प्राणियों की प्राणयात्रा अर्थ पर ही निर्भर है। यद्यपि धन-संग्रह करना, जीवन का आत्यन्तिक लक्ष्य नहीं है, तथापि शरीर-यात्रा का निर्वाह एवं देश और समाज के स्थूल अभाव को दूर करने के लिए धन की विशेष आवश्यकता रहती है। इसलिए मनुष्य को धनागम के लिए भी लौकिक जगत् में अपनी बुद्धि का विनियोग अवश्य ही करना चाहिए। जैसे शस्त्रास्त्र के बिना शूरता नहीं सफल हो सकती, वैसे ही अर्थ के बिना धर्म और मोक्ष भी नहीं सिद्ध हो सकते। सबसे सुदुर्लभ मोक्ष-पुरुषार्थ भी अर्थ से ही सिद्ध हो सकता है। क्योंकि अर्थ का धर्म में विनियोग करने से मोक्ष-प्राप्ति का वह भी कारण हो जाता है। इसीलिए महर्षि शुक्राचार्य ने कहा है कि- अर्थ से मनुष्य के सभी पुरुषार्थ सिद्ध होते है- **'अर्थाद् धर्मश्च कामश्च मोक्षश्चापि भवेन्नृणाम्। शस्त्रास्त्राभ्यां बिना शौर्यं गार्हस्थ्यं तु स्त्रियं बिना।।'** अर्थ में एक सबसे महान्, सबसे उत्तम, गुण यह है कि वह सब गुणों एवं गुणीजनों के आकर्षण का केन्द्र है। अर्थवालो के पास सब गुण और गुणीजन किङ्करो की तरह दौड़-दौड़कर स्वयमेव पहुँच जाते है। इसके साथ ही साथ अर्थवान् मनुष्यों के दोष भी गुण बन जाते है, अर्थात् छिप जाते है। इसी से शास्त्रों में अर्थ की बड़ी महिमा गायी है। यहाँ तक कह दिया है, कि- बड़े-बड़े विद्यावृद्ध, तपोवृद्ध और वयोवृद्ध पुरुष भी धनवृद्ध के दरवाजे पर किङ्करो के समान, हाथ जोडे खड़े, रहते हैं-

'विद्यावृद्धास्तपोवृद्धा वयोवृद्धास्तथैव च। सर्वे ते धनवृद्धस्य द्वारि तिष्ठन्ति किङ्कराः।।' इसी से महर्षि चाणक्य ने कहा है कि, अर्थवान् का सभी लोग विशेष सम्मान करते है- **'अर्थवान् सर्वलोकस्य बहुसम्मतः।'** अर्थ में यह भी एक विलक्षण सामर्थ्य है, कि वह सभी को अपने अधीन कर लेता है और स्वयं किसी के अधीन नहीं होता। महर्षि शुक्राचार्य का मत है कि- 'संसार में सभी मनुष्य अर्थ के दास है, परन्तु अर्थ किसी का दास नहीं होता। अतः मनुष्य को अर्थोपार्जन के लिए सदैव प्रयत्न करना चाहिए। इसी बात को महाभारत में भीष्मपितामह ने भी पुष्ट किया है। उन्होंने राजा युधिष्ठिर से कहा है कि-'महाराज, मनुष्य अर्थ का दास है। परन्तु अर्थ किसी का दास नहीं है- यह बात बिलकुल सत्य है। क्योंकि मुझ सरीखे विरक्त दृढ़व्रत, ब्रह्मचारी अर्थात् जितेन्द्रिय पुरुष को भी, कौरवों ने अधर्मियों ने, अर्थ से बाँध लिया है अपने अधीन कर लिया है'- **'अर्थस्य पुरुषो दासो दासत्वर्थो न कस्यचित्। इति सत्यं महाराज बद्धोऽस्म्यर्थेन कौरवैः।।'** मनुष्यों में चाहे कितने ही दुर्गुण क्यों न भरे हो, अर्थ में वह शक्ति है कि वह गुण-विहीन, व्यक्ति को भी बड़े-बड़े गुणवानों का आश्रयणीय (पूजनीय) बना देता है। अर्थ प्राप्त हो जाने से अतिक्षुद्र व्यक्ति भी महान् और अकुलीन भी कुलीन बन जाते हैं। सभी मनुष्य उत्तम कुल एवं सदाचार मात्र से ही लोकाराध्य नहीं हो सकते, अपितु केवल एक वित्त से ही मनुष्य लोक-पूज्य हो सकता है। इसलिए संसार में सबसे महान् और कुलीन वही गिना जाता है, कि जिसके पास धन की कमी न हो।' इसी कारण विरक्त संन्यासी भी धनवान् लोगों के चाटुकार बन जाते है। सोमदेव सूरी ने कहा है- **'धनिनो यतयोऽपि चाटुकाराः।21'**

अर्थहीन मनुष्य को और तो क्या, साक्षात् उसकी सहधर्मिणी, पत्नी भी अपमानित करती है। महर्षि चाणक्य ने कहा है कि - **'अधनः स्वभार्थयापि अवमन्यते।' (चा. सू. 4/60)।** निर्धन मनुष्य चाहे कितनी भी अच्छी बात क्यों न कहे, परन्तु उसे कोई भी ग्रहण नहीं करता- **'हितमप्यधनस्य वाक्यं न गृह्यते।' (चा. सू. 4/59)।** गुणग्राही भ्रमर भी पुष्प-विहीन आम्र-वृक्ष का समादर नहीं करते। इसके अतिरिक्त अर्थवान् व्यक्ति यदि किसी को कुछ भी न दे, तो भी सभी लोग उसका बड़ा सम्मान करते है। अत: निर्धन मनुष्य निराश एवं असहाय हो जाता है। **'अधनस्य बुद्धिर्न विद्यते।' (चा. सू. 4-58)।** अत: निर्धनता सम्पूर्ण आपत्तियों की जननी है। महर्षि चाणक्य ने कहा है कि दरिद्रता मनुष्य के लिए जीते जी ही मरण है- **'दारिद्रयं खलु पुरुषस्य मरणम्।22'** अर्थात् निर्धनता से मनुष्य को लज्जा आती है। लज्जा से बल की क्षीणता होती है। निर्बल का सभी लोग तिरस्कार करते है। अपकार होने पर शोक प्राप्त हो जाता है। शोकाकुल मनुष्य की बुद्धि भ्रष्ट हो जाती है। बुद्धि भ्रष्ट हो जाने से मनुष्य का सर्वनाश हो जाता है। इसलिए निर्धनता समस्त आपत्तियों की जननी है।' इसी कारण नीति-वाक्यमृत में भी कहा है कि- 'मनुष्य के लिए दारिद्रय से बढ़कर और कोई कलङ्क ही नहीं है। क्योंकि उसके संसर्ग से मनुष्य के सब गुण निष्फल हो जाते है'- **'न दारिद्रयात् परं पुरुषस्य लाञ्छनमस्ति, यत्सङ्गेन सर्वे गुणा निष्फलतां यान्ति।'** इस पर भी निर्धनता के साथ यदि विद्वत्ता न हो, अर्थात् कुटुम्ब में यदि कोई विद्वान् न हो तो फिर मूर्ख-कुटुम्बियों का जीवन तो और भी कष्टमय हो जाता है। अर्थ की प्राप्ति एवं उसकी सुरक्षा का मूल कारण है-विनय। विनय को ही शील भी कहते हैं। विनय-गुण से

मनुष्य अर्थ प्राप्ति का अधिकारी हो जाता है। विनय की प्राप्ति होती है-विद्या से। इसीलिए कहा गया है- **'विद्या ददाति विनयं विनयाद् याति पात्रताम्। पात्रत्वाद् धन-माप्नोति धनाद् धर्म ततः सुखम्।।'** विनय का लक्षण है- जितेन्द्रियता अर्थात् इन्द्रिय-संयम। इन्द्रिय-संयम समस्त पुरुषार्थों की प्राप्ति का मूल है। इसीलिए भगवान् मनु ने कहा है कि-'मनुष्य अपने मन और इन्द्रियों को वश में करके सब पुरुषार्थों को सिद्ध कर सकता है' - **'वशीकृत्येन्द्रियग्रामं संयम्य च मनस्तथा। सर्वान् संसाधयेदर्थान् अक्षिण्वन् योगतस्तनुम्।।'** इसीलिए धर्मराज युधिष्ठिर के अपार वैभव को देखकर उसके लिए ईर्ष्यापूर्वक तरस ते हुए दुर्योधन से, उसके पिता धृतराष्ट्र ने कहा है। महाराज युधिष्ठिर के पास जैसी सम्पत्ति है वैसी, या उससे भी विशिष्ट सम्पत्ति को यदि तुम प्राप्त करना चाहते हो,शीलवान् बनो? क्योंकि शील के द्वारा मनुष्य तीनों ही लोकों पर विजय प्राप्त कर लेता है। इसलिए मनुष्य को चाहिए कि विद्या का उपार्जन करके पूर्णतया विनय को प्राप्त करे। तदनन्तर अर्थोपार्जन करने के लिए, अपने-अपने कर्तव्य के अनुसार सद्विद्या, सत्सेवा, शूरता, कृषि, व्याज, व्यापार, कला और प्रतिग्रह अथवा अन्यान्य उपायोद्वारा भी यथासाध्य उद्योग करे। महर्षि चाणक्य ने कहा है कि-23 उद्योगी पुरुषों का आजीविका का भय नहीं रहता है। इसीलिए आलस्य को त्यागकर उत्साह सम्पन्न होकर भाग्य और ईश्वर पर विश्वास रखते हुए जो लोग उद्योग-शील होते है, उनको लक्ष्मी स्वयं खोज-खोज करके वर लेती है। इसलिए प्रत्येक मनुष्य को और विशेषत राजा का सदैव उद्योगी होना चाहिए। उद्यम करने पर भी, भाग्य में न होने से, कभी-कभी गुणवानों को भी सफलता नहीं मिलती है। विष्णुपुराण में कहा है कि- **'सर्व एव**

महाभाग महत्त्वं प्रति सोद्यमाः। तथापि पुंसां भाग्यानि, नोद्यमा भूतिहेतव।।24' अर्थात् महत्व को प्राप्त करने के लिए उद्यम तो सभी लोग करते है। तथापि वैभव की प्राप्ति का कारण मनुष्यों का भाग्य ही है, उद्यम नहीं।' इसी कारण अविवेकी, निर्बल और अनीतिज्ञ व्यक्तियों को भी भाग्यवश नाना प्रकार के सुखभोग एवं राज्यादि वैभव प्राप्त हो जाते है और अच्छे-अच्छे गुणवान्, विवेकी, विद्वानों को भी धनाभाव होता है। तथापि इससे हतोत्साह होकर मनुष्य को उद्यम का परित्याग कभी नहीं करना चाहिए। क्योंकि अर्थ की प्राप्ति का मुख्य उपाय तो धर्म है। अत: अर्थाभिलाषी को धर्मानुष्ठान में और अधिक जोर लगाना चाहिए। इसी से महाभारत में इस विषय में बहुत विचार-विमर्श के बाद यह राय दी गयी है, कि- भाग्यहीन धनेच्छु को और अधिक उग्र तप करना चाहिए। बड़े-से-बड़ा प्रयत्न करता हुआ भी यदि मनुष्य धन आदि अभिलषित वस्तुओं को प्राप्त न कर पाये, तो उसे चाहिए कि वह और अधिक तप करे घोर से घोर तप करे। क्योंकि बिना बोये बीज उगता नहीं है, अर्थात् तपस्या के बिना कुछ भी प्राप्त नहीं हो सकता।' इसीलिए विष्णु-पुराण में भी कहा गया है कि जिसको महान् वैभव की इच्छा हो, उसको केवल पुण्य के सञ्चय में प्रयत्न करना चाहिए'- '**तस्माद् यतेत पुण्येषु य इच्छेमहती श्रियम्।**' इसीलिए मत्स्य पुराण में कहा है कि- 'जो मनुष्य धर्म का सञ्चय करता है, जो अत्यन्त तितिक्षा करता है, और जो तपस्या करके सन्ताप नहीं करता है, वह व्यक्ति बहुत बड़े अर्थ का भागी होता है'। इसी से शिवपुराण में अर्थहीन पुरुष के लिए, अर्थ-प्राप्ति के दो उपाय बतलाये है-तप और तीर्थाटन। '**अर्थहीनः सदा कुर्यात् तपसामर्जनं तथा। तीर्थाश्च तपसा प्राप्यं सुखमक्षय्यमश्नुते।।**' आचार्य

चाणक्य ने लिखा है कि- 'मनुष्य को चाहिए कि वह अपने को सदा अजर और अमर समझकर, सब तरह के अर्थों का अच्छी तरह उपार्जन करे। अर्थ की प्राप्ति एव अभिवृद्धि का सबसे मुख्य उपाय है-'बुद्धि, अर्थात् सद्बुद्धि। श्रीमद्भागवत में कहा है कि-'अर्थ की उत्पत्ति सद्बुद्धि से होती है- **'अर्थ बुद्धिरसूयत।'** (4-1-51)। बुद्धि के बिना इतर उपायों से अर्थ की अभिवृद्धि नहीं हो सकती। इसी से शुक्रनीति में कहा है कि- 'बुद्धिवान् का थोड़ा-सा भी अर्थ दिन-पर-दिन बढ़ता ही चला जाता है। शूरता, नीति, बल और धन, इन चार उपायों से पशु-पक्षी भी वश में हो जाते है'। अर्थोपार्जन के विषय में यह भी जान लेना आवश्यक है कि भूमि, गृह, सम्पत्ति, विद्या, कला-आदि जीवनोपयोगी वस्तुओं का नाम 'अर्थ' है, जैसा कि आरम्भ में कहा जा चुका है। अत: जीवन के लिए इन सभी का उपार्जन करना प्रत्येक मानव के लिए अत्यावश्यक है। अत: इनके अर्जन के लिए पुरुषार्थ अर्थात् उद्योग करना भी नितान्त आवश्यक है। श्रद्धापूर्वक उद्योग करने वाला व्यक्ति सर्वथा असफल नहीं होता। दृढ़ पौरुष के द्वारा मनुष्य का अभीष्ट अवश्य ही सिद्ध होता है।

मनुष्य यदि श्रद्धापूर्वक उद्योग करने में तत्पर रहता है, तो अपने अभीष्ट फल को अवश्य ही प्राप्त होता है। उद्योग से ही कृषक लोग अन्न को प्राप्त करते है। उद्योग से ही व्यवसायी लोगों को धन प्राप्त होता है। उद्योग के बल से ही राजाओं को राज्य और विद्यार्थियों को उत्तम विद्या प्राप्त होती है। उद्योग से ही भृत्यों को वेतन, देवताओं को अमृत और तपस्त्रियों को उत्तम लोक प्राप्त होते है। अतएव मनुष्य को श्रद्धा और बुद्धिपूर्वक उत्साह के साथ उचित उपाय से अपने अभीष्ट को प्राप्त करने का उद्योग करना चाहिए। इसीलिए योग-वासिष्ठ में भी पौरुष पर बड़ा जोर देकर कहा है कि-

'जिसको जो वस्तु अभीष्ट होती है, उसके लिए उद्योग करते हुए वह यदि बीच में ही उद्योग को न छोड़े, तो वह वस्तु उसे अवश्य ही प्राप्त होती है'। शुद्ध अर्थ को प्राप्त करने के लिए मनुष्य को अर्थ का पात्र होना चाहिए। पात्र बनाने के लिए विद्या, विनय और सदाचार की अपेक्षा होती है। विद्या के बिना सत्, असत्, उचित और अनुचित का परिज्ञान ही नही हो सकता। विनय और सदाचार के बिना अर्थ की सुरक्षा और उसका यथोचित विनियोग नही होता। इसीलिए महर्षि याज्ञवल्क्य ने भी कहा है कि-

'न विद्यया केवलया तपसा वापि पात्रता।
यत्र वृत्तमिमे चीभे तद्धि पात्रं प्रकीर्तितम्।।'

महर्षि शुक्राचार्य जी ने अर्थ के पात्र और अपात्र का यह लक्षण बतलाया है- **'स्वागमी सद्व्ययी पात्र-मपात्रं विपरीतकम्।'** अर्थात् जिसके अर्थागम का मार्ग शुद्ध है और व्यय भी शुद्ध है, यानी जो सत्कर्म से अर्थ का अर्जन करता है और सत्कार्य में उसका व्यय करता है,, वही व्यक्ति अर्थ का योग्यतम पात्र है। इसके विपरीत जिसके अर्थागम का मार्ग पवित्र नहीं है, और जिसका अर्थ असत्कार्य मे व्यय होता है, वह व्यक्ति अर्थ का पात्र नहीं है, वह अपात्र है। राजा को, शासक को चाहिए कि अपात्र के धनको हर ले-

'अपात्रस्य धनं सर्व हरेद् राजा न दोषभाक्। (शु. मी.)

अर्थात् जो व्यक्ति अनीति से, अन्याय से अर्थ का उपार्जन करता है असत्कार्यों में उसका व्यय करता है, उसका सब धन राजा को छीन लेना चाहिए,

इससे वह दोषी नही होता।

अर्थ का सम्बन्ध हो जाने पर मनुष्य के मन का पवित्र रहना भी साधारण बात नहीं है, बहुत ही कठिन है। क्योंकि जिसका चित्त अर्थ में मोहित हो जाता है, वह व्यक्ति गर्हित से भी गर्हित कर्म कर सकता है। जो लोग अर्थ पर आसक्त हो जाते है, उन्हे अधर्म और नरक का भय ही नहीं रहता है। अर्थ में अधिक आसक्ति हो जाने पर फिर उससे चित्त को हटाना भी अतिदुष्कर हो जाता है।

राजनीति में तो सब कुछ महिमा अर्थ की ही है। क्योंकि सम्पूर्ण राष्ट्र के योग-क्षेम का मुख्य साधन हो अर्थ है। अर्थ के लाभ का मूल है- वृत्ति अर्थात् आजीविका। महर्षि चाणक्य ने कहा है- **'वृत्तिमूलम् अर्थलाभः।' (चा. सू. 1/88)।** अर्थ के बिना सारा ही राष्ट्र निष्प्राण हो जाता है। अर्थ-हीन राष्ट्र पङ्गु बनकर दूसरों के हाथ बिक जाता है। अर्थ प्रत्येक व्यक्ति, समाज, देश और राष्ट्र का (बाहरी) प्राण है। जैसे प्राण के बिना शरीर नहीं रह सकता, वैसे ही अर्थ के बिना देश या राष्ट्र टिक नहीं सकता। इसी से राजनीति में अर्थ को ही राष्ट्र का सर्वस्व माना गया है। कोश (खजाना) ही राज्यरूपी वृक्ष का मूल (जड़) है। उसी के आधार पर राष्ट्रवृक्ष की अन्यान्य शाखाओं-मन्त्री, सुहृद्वर्ग, दुर्ग, सेना एवं राज्य व्यवस्था का सञ्चालन, सीमा-सरक्षण आदि-की स्थिति और जीवन निर्भर है। अर्थ-विहीन राष्ट्र पविहीन पक्षी के समान, अपना क्या उत्थान (अभ्युदय) कर सकता है? जिस प्रकार प्राणियों के इन्द्रियगणों की स्थिति और प्रवृत्ति सब अन्न पर निर्भर है, उसी तरह राष्ट्र की स्थिति और प्रवृत्ति सब अर्थ पर ही निर्भर है। क्योंकि जीवनोपयोगी अन्नादि वस्तुओं का सम्पादन एकमात्र अर्थ के ही अधीन है। इसलिए राष्ट्र के उन्नायकों को

अर्थ की प्राप्ति, उसकी सुरक्षा और उसकी अधिकाधिक अभिवृद्धि के लिए सदा ही प्रयत्नशील रहना चाहिए।'

शुक्राचार्य ने कहा है कि-'राजा को राज्य की समूची आय को छः भागों में विभक्त करके, उसका व्यय इस रीति से करना चाहिए कि- 'आय के तीन भाग तो सेना-विभाग में खर्च करने चाहिए। आधा-आधा भाग दान और प्रजा की सहायता में खर्च करना चाहिए। आधा भाग अधिकारियों के लिए और आधा अपने उपयोग में तथा एक भाग कोश की सुरक्षा के लिए व्यय, करना चाहिए। इस प्रकार वर्ष में कुल आय को छः भागों में विभक्त करके, तत्सम्बद्ध विभागों में व्यय करना चाहिए-

'त्रिभिरशैर्बल धार्य दानमर्धांशकेन तु।
अर्धांशेन प्रकृतयो ह्यर्धांशेनाधिकारिणः।।
अर्धांशेनात्मभोगश्च कोशोऽशेन सुरक्ष्यत।
आयस्यैवं षड्विभागैर्व्ययं कुर्यात्तु वत्सरे।।25'

अर्थशास्त्र का यह मूल सिद्धान्त है कि, अर्थ का उपार्जन और उसका संरक्षण तो महान कृपण की तरह, बड़ी सावधानी से करना चाहिए। परन्तु जब उसके उपयोग का समय आवे, तब हृदय को खोलकर, विरक्त की तरह, अत्यन्त उदारता से उसको व्यय करना चाहिए।

अतः अर्थ का सञ्चय और संरक्षण तो कृपण पुरुषों के समान कौड़ी-कौड़ी जोड़-जोड़कर करना चाहिए और दुष्कर्म या दुर्व्यसन में अथवा व्यर्थ में कही यदि एक कौड़ी भी व्यय होती हो, तो उसको सहस्रो स्वर्ण-मुद्राओं के तुल्य समझकर,

अतिव्यय और अपव्यय दोष से, उसका उद्धार करना चाहिए। अर्थात् दुष्कर्म या व्यर्थ में यदि एक कौड़ी भी व्यय होती हो, तो उसे हजारों स्वर्ण-मुद्राओं का वृथा व्यय समझकर उसको बचाना चाहिए। और समय आने पर अर्थात् यज्ञ, दान, परोपकार, देशोद्धार, भगवत्सेवा, अकाल एव भुखमरी आदि आपत्तियों से राष्ट्ररक्षा या विश्व की रक्षा का अवसर उपस्थित होने पर, अपनी कोटि-कोटि स्वर्ण-मुद्राओं पर भी मोह न करके, मुक्त-हस्त से, सारी की सारी धनराशि को सत्कार्य में व्यय कर देना चाहिए। इसी अभिप्राय को हृदय में रखते हुए महर्षि शुक्राचार्य ने भी कहा है कि-

'कृत्वा स्वान्ते तथौदार्य कार्पण्यं बहिरेव च।
उचितं तु व्ययं काले नरः कुर्यान्न चान्यथा।।26'

जल की सम्पत्ति से कमलिनी का पोषण होता है, वैसे ही सद्बुद्धि में लक्ष्मी का पोषण होता है। तथा उद्योग और प्रयत्न के द्वारा अर्थ का विस्तार बढ़ता है। जो व्यक्ति उद्योगी, उत्साह-सम्पन्न और सद्बुद्धि होता है, उसको लक्ष्मी शरीर की छाया के समान, कभी भी नहीं छोड़ती। और उसके यहाँ दिनों-दिन सम्पत्ति बढ़ती चली जाती है। निर्व्यसनी, कर्मपरायण और उत्साही पुरुष के पास सब सम्पत्तियाँ इस तरह से अनायास चली आती है, जैसे कि समुद्र के पास सरिताएँ। और जो व्यक्ति उत्साही एव बुद्धिमान् होते हुए भी दुर्व्यसनी और आलसी होता है, लक्ष्मी उसको निरादर करती हुए उसे इस तरह से त्याग देती है,

इसीलिए सुख और सम्पत्ति चाहने वाले मानव को धर्मपूर्वक अर्थ का उपार्जन करके उसके तीन विभाग करके उनमें से एक भाग से धार्मिक और आर्थिक

कार्यों का सम्पादन करना चाहिए। दूसरे भाग से अपने काम-विषयक आवश्यकताओं का सम्पादन करना चाहिए। और तीसरे भाग को ऐसे कार्यों में लगाना चाहिए कि, जिससे अर्थ को अभिवृद्धि होती रहे-

'धर्मेणार्थः समाहार्यो धर्मलब्धं त्रिधा धनम्।
वर्तव्यं धर्मपरमं मानवेन प्रयत्नतः।।'
एकेनांशेन धर्मार्थो कर्तव्यो भूतिमिच्छता।
एकेनांशेन कामार्थ एकमंशं विवर्द्धयेत्।।'

अतएव जो लोग उचित मार्ग से अर्थ का उपार्जन करके, उचित रीति से उसका सदुपयोग करना जानते है, उनको - **'घनाद् धर्मं ततः सुखम्'** - के अनुसार अर्थ से धर्म और धर्म से पूर्ण सुख प्राप्त होता है। इस प्रकार धर्मानुकूल अर्थ भी मनुष्य के धर्म, अर्थ और काम-तीनों पुरुषार्थों को सिद्ध करता हुआ, सुख के मूल धर्म को साङ्गोपाङ्ग समृद्ध करते हुए परम्परया मोक्षरूप परम-पुरुषार्थ में ही उपयुक्त होकर पूर्ण सफल हो जाता है और मनुष्य के जीवन को कृतकृत्य कर देता है। इसी से इसका नाम 'अर्थ' है। अतएव 'अर्थ' भी, धर्म के ही समान, एक महान पुरुषार्थ है।

●●●

समाप्ति नोट (Endnote):-

1. (चाणक्य सूत्र. 7 अध्याय- 28)।
2. अर्थ उपयाच्ञ याम्। उपयाच्ञा = इच्छा।
3. (चा. सू. 1-1, 2)।
4. (कौ. अर्थशास्त्र)।
5. (चा. सू. 1-89, 90)।
6. अर्थ जीविकोपकरणम्। (का. नी. 5-62 उ. नि. टीका)
7. महर्षि शुक्राचार्य ने भी कहा है कि- विद्याधन श्रेष्ठतरं तन्मूलमितरद्धनम्। दानेन वर्धते नित्यं न भाराय, न नीयते। अस्ति यावत्तु सघनस्तावत् सर्वेस्तु सेव्यते।। (शु. नी. 30-117)
8. (कामसूत्र-1 अ.)।
9. (शान्तिपर्व 167-11)।
10. खल-यश = अन्न उत्पन्न हो जाने पर खलिहान में देवार्चन एवं अतिथि-अभ्यागतो और याचकों का अन्नदान से सत्कार।
11. इसीलिए, एक ग्रामीण कृषक कृषि कर्म से उत्पन्न होने वाले नये-नये स्वादिष्ट व्यजनों का उपभोग करता हुआ अपनी गृहिणी से कृषकों के सुखमय ग्राम्य जीवन का कैसा सुन्दर चित्रण कर रहा है। देखिए- 'तरुण

सर्षपशाक नवौदन पिच्छिल व दधि। अल्पव्ययेन सुन्दरि ग्राम्यजनो मिष्टमश्नाति।।' (सा. द. 1 प.)

12. कृषि, खेती-बारी की रूपरेखा, और अधिक अन्न उपजाने की शास्त्रीय पद्धति की जानकारी के लिए देखिए-'पराशर स्मृति' का दूसरा अध्याय।

13. घिनोति-प्रीणयति, इति धनम्।

14. 'नोद्योगवता वृत्तिमयम्।' (चा. सू. 4-29)

15. (**वि. पु.** 1-19-44)।

16. (**शु. नी.** 1-314, 315)

17. (**शु. नी.** 1-288)।

18. (**वनपर्व** 33.3)।साध्य और साधनों में अभेद समझकर।

19. अपनी-अपनी प्रकृति के अनुकूल-यह इसलिए कहा गया है कि प्रकृति की (अर्थात् स्वभाव की) भिन्नता के कारण किसी को खट्टा अच्छा लगता है, किसी को मीठा, किसी को ताता, किसी को कडुआ और कसैला? इसी तरह किसी को सङ्गीत प्रिय है, किसी का रूप और रङ्ग। किसीको सुगन्ध और किसी को स्पर्श!

20. (**शुक्रनीति, अध्याय**-3, **श्लोक**-14)।

21. (**मनुस्मृ.** 2)।

22. (**महाभारत, स्त्रीपर्व**-7.18)।

23. निर्वाणम्-प्रकृतिपाशान्मोचनम्। निर्वाण-सन्तापशान्ति।

24. (श्रीमद्भाग. 3-7-13)।

25. (4 स्कन्ध. 22-35)।

26. श्रेय = कर्मफलादि पुरुषार्थ। 'सत्व विशुद्ध श्रयते भवान् स्थितौ शरीरिणा श्रेय उपायन वपु.। श्रीधरी-श्रेयसाकर्मफलादिपुरुषार्थानाम्।।' (भाग. 10-2)

चतुर्थ अध्याय

सनातन संस्कृति में काम की अवधारणा

मानव जीवन के तृतीय पुरुषार्थ के रूप में काम को स्वीकार किया गया है। काम शब्द का सामान्य अर्थ- इच्छा, वासना, सुख के साधन तथा कामना इत्यादि को स्वीकार किया गया है। काम के बिना प्राणियों की उत्पत्ति, जीवन-निर्वाह एव सुख की प्राप्ति ही असम्भव है। '**काम्यते इति कामः** अर्थात् इस व्युत्पत्ति के अनुसार विषय और इन्द्रियों के सम्पर्क से उत्पन्न होने वाला मानसिक आनन्द ही मुख्यतया काम कहलाता है। जीव के अपेक्षित कार्यों को करने के लिए इन्द्रियाँ उनकी सहायता करती रहती है। हमारी प्रत्येक इन्द्रिय का प्रधान कर्तव्य हमारे आवश्यक कार्यों में हमारी सहायता करना होने पर भी उसके साथ ही साथ हमारी प्रत्येक इन्द्रिय को, अपने-अपने विषय के सम्पर्क से एक-एक निजी सुखानुभव प्राप्त होता है। नेत्रों की सहायता से सुन्दर वस्तु को देखकर रूप के आनन्द का अनुभव करते है। सुनने के लिए बने हुए हमारे श्रोत्र मधुर सङ्गीत को सुनकर शब्द का आनन्द लेते है। क्षुधा-शान्ति के लिए किये जाने वाले भोजन में हमारी रसनेन्द्रिय, आहार के स्वाद को ग्रहण करते समय रस के आनन्द का अनुभव करती है। ऐसे ही सूँघने के लिए बनी हुई हमारी नासिका-इन्द्रिय सुन्दर गन्ध को ग्रहण करती हुई उसका आनन्द लेती है।

स्पर्श-ज्ञान के लिए बनी हमारी त्वगिन्द्रिय निद्रा के समय सुन्दर शय्या के मार्दव का अनुभव करती हुई सुख का रस लेती है। और सन्तान प्राप्त करने के लिए किये जाने वाले गृहस्थाश्रम के जीवन गुह्मन्द्रिय अपने विषय का आनन्द लेती है।

इस प्रकार आँख, कान, नासिका, रसना और त्वचा-इन पाँच ज्ञानेन्द्रियों के द्वारा अपने प्रधान उद्देश्य को सम्पन्न करते समय रूप, रस, गन्ध, शब्द और स्पर्श-इन पाँच विषयों के सम्पर्क से मिलने वाले मानसिक आनन्द को ही काम के रूप में स्वीकार करते है। यह काम चित्त का एक सङ्कल्प है। इसका स्वरूप अत्यन्त ही सूक्ष्म है। अतएव वह केवल अनुभव का विषय है। इसीलिए महाभारत में कहा है कि- **'द्रव्यार्थस्पर्शसंयोगे या प्रीतिरुपजायते। स कामश्चित्तसङ्कल्पः शरीरं नास्य दृश्यते।1'** 'अर्थात् चन्दन, वनिता आदि प्रिय-पदार्थों के स्पर्श और सुवर्णादि धन का संयोग होने पर मन में जो एक विशेष प्रीति उत्पन्न होती है, वह चित्त का एक सङ्कल्प ही काम है। वह अत्यन्त सूक्ष्म है। उसका रूप और आकार दिखलायी नहीं देता।'

श्रुति कहती है कि- **'एतस्यैवानन्दस्य अन्यानि भूतानि मात्रामुपजीवन्ति।**

जैसे दही का सार मक्खन है, उसी प्रकार धर्म और अर्थ का सार 'काम' है। जैसे खली से श्रेष्ठ तेल है, तक्र से श्रेष्ठ घृत है और वृक्ष के काष्ठ से श्रेष्ठ उसका फूल और फल है, उसी प्रकार धर्म और अर्थ से श्रेष्ठ काम है-

'नवनीतं यथा दध्नस्तथा कामोऽर्थधर्मतः। श्रेयस्तैलं हि पिण्याकाद् घृतं श्रेय उदश्विनः। श्रेयः पुष्पफलं काष्ठात् कामो धर्मार्थयोर्वरः।।' इस रीति से

इन्द्रियों द्वारा अन्तःकरण में प्राप्त होने वाले विषय-सुखोपभोग के आनन्द को ही काम कहते है। इस काम को प्राप्त करने के लिए लोग जिन-जिन अभिलषित वस्तुओं की इच्छा करते हैं2, उन्हें भी **'काम्यन्ते इति कामाः'** इस व्युत्पत्ति के अनुसार काम कहते है। इस प्रसिद्धि के अनुसार शरीर और इन्द्रियों के उपयोग में आने वाले स्त्री, पुत्र, गृह, क्षेत्र, धन-धान्य, फल-फूल, भक्ष्य-भोज्य, पेय, नृत्य, गीत, वस्त्र, अलङ्कार आदि-जो शरीर और इन्द्रियों के उपयोगी-ऐहलौकिक और पारलौकिक अभिलषित पदार्थ है, उनको भी काम कहते है। इसी व्युत्पत्ति के अनुसार अणिमा आदि सिद्धियों को भी काम कहते है।

इस प्रकार विषय और इन्द्रियों के सम्पर्क से प्राप्त होने वाले मानसिक सूक्ष्म आनन्द और उस काम सुख के साधनभूत-जो स्त्री, पुत्र, गृह, क्षेत्र, धन-धान्य, भक्ष्य-भोज्य, पान, नृत्य-गीत, वस्त्र, अलङ्कार आदि शरीर और इन्द्रियों के उपयोगी समस्त इच्छित पदार्थ है, उनको भी कामरूप पुरुपार्थ के साधन होने से कार्य और कारण की अभेद-विवक्षा से, काम कहते है। इस काम शब्द का अर्थ है- इच्छा, तृष्णा, वासना, एषणा आदि। यह वासनारूप सूक्ष्म काम ही सारे संसार का बीज है। ऋग्वेद में कहा है कि-

'कामस्तदग्रे समवर्तताधि मनसो रेतः प्रथमं यदासीत्।
सतो वन्धुमलति निरभिन्दन् हृदा प्रतीच्या कवयो मनीषा।।3'

अर्थात् काम मन का, चित्त का बीज है तत्ववेत्ता मनीषियों ने गहरी खोज करके अपने हृदय में सबके बन्धु इस काम को देखा है।' शिवपुराण में कहा है कि-

'कामः सर्वमयः पुसां स्वसंकल्प-समुद्भवः। कामात् सर्वे प्रवर्तन्ते लीयन्ते वृद्धिभागताः।।' इस तरह से काम शब्द के मुख्यतया ये तीन अर्थ होते है-1. सुख 2. सुख के साधन और 3. सुख की कामना। इस प्रकार से काम-शब्द शास्त्रों में, प्रसङ्गानुसार भिन्न-भिन्न स्थलों में, भिन्न-भिन्न अभिप्राय से व्यवहृत होता है। यानी कहीं पर सुख के लिए, कहीं पर सुख के सावनों के लिए और कहीं पर सुख की कामना के लिए। काम सुख स्वरूप अथवा सुख का मुख्य साधन होने के कारण प्राणियों को अत्यन्त ही अभीष्ट होता है। साथ ही वह देह, इन्द्रियों की तृप्ति एव परिपुष्टि का भी मुख्य सावन होने से प्राणियों को लोक-यात्रा में भी अत्यन्त अपेक्षित है। क्योंकि- **'सुखार्थाः सर्वभूतानां मताः सर्वाः प्रवृत्तवः।' अर्थात्** सम्पूर्ण प्राणियों की समस्त प्रवृत्तियाँ एकमात्र सुख के लिए ही होती है। अतएव सुख की प्राप्ति के लिए प्राणियों को काम नितान्त अपेक्षित है। काम का फल है-इन्द्रिय तृप्तिपूर्वक आरोग्य लाभ। छान्दोग्योपनिषद के अनुसार- **'यदा वै सुखं लभतेऽथ करोति, नासुखं लब्ध्वा करोति, मुखमेव बन्ध्वा करोति।'** प्रवृत्तिमार्ग का प्रधान उद्देश्य 'काम-सुख' ही है। इन सुखों को धर्मानुसार भोगने में कोई दोष नहीं है। क्योंकि चित्त और इन्द्रियों की प्रसन्नता ही विषयोपभोग का फल माना गया है। - **'इन्द्रिय-प्रसादनफला हि विभूतयः।'**

काम दो प्रकार का होता है-1. दिव्य (अर्थात् पारलौकिक-स्वर्गीय) और मानुष (अर्थात् ऐहलौकिक काम)। इनमें से दिव्य काम के सामने मानुष सुखोपभोग ऐसे है, जैसे कि-समुद्र के सामने कुशाग्र पर लटका हुआ जलबिन्दु। महर्षि वात्स्यायन ने कामसूत्र के प्रथम अधिकरण के दूसरे अध्याय में सामान्य और विशेष

काम का निरूपण करते हुए कहा है कि- 'पाँच ज्ञानेन्द्रियों के पाँच विषयों में से3 अपनी-अपनी प्रकृति के अनुकूल जो सुखप्रद पदार्थ है, उनके अनुभव की इच्छा सामान्य काम है। पतङ्ग को रूप, मीन को रस, भ्रमर को सुगन्ध, हरिण को गीत और हाथी को स्पर्श-अधिक प्रिय होता है। प्रत्येक मनुष्य को किसी एक इन्द्रिय का विषय अधिक प्रिय होता है। जिह्वा का रस तो प्राय सभी को रहता ही है। काम की ओर प्राणियों की प्रवृत्ति स्वतः ही हो जाती है, उसको बढ़ाने का प्रयोजन नहीं है। काम की ओर चित्त का आकर्षण स्वयंमेव होता है। अर्थ की ओर भी चित्त का जो सर्वाधिक आकर्षण होता है, उस में भी काम ही हेतु है। क्योंकि काम की प्राप्ति का मुख्य साधन अर्थ ही है। यद्यपि तात्त्विक दृष्टि से अर्थ का प्रधान फल धर्म और गौणफल काम है, इसलिए अर्थ धर्म का ही मुख्य साधन है, तथापि अर्थ की ओर मनुष्य-समाज की प्रवृत्ति प्रायः उसे काम का ही मुख्य साधन समझकर होती है, न कि धर्म का मुख्य साधन समझकर। अर्थ की अपेक्षा काम ही चित्त को अधिक आकर्षित करता है। भागवत के अनुसार- '**उत्पत्त्यैव हि कामेषु प्राणेषु स्वजनेषु च।**

आसक्त मनसो मर्त्या आत्मनोऽनर्थहेतुषु।।' अर्थात् सभी मनुष्य जन्म से ही संसार के विषयभोगों में, प्राणों में, और सगे-सम्बन्धियों में स्वभावत आसक्त होते है, इसमें सन्देह नहीं है। किन्तु इन वस्तुओं की आसक्ति उनकी आत्मोन्नति में बाधक एवं अनर्थ का कारण होती है। वस्तुओं में सुख की प्राप्ति तथा दुःख की निवृत्ति के साधन होने के कारण ही इच्छा होती है। अत एव संसार में सब वस्तु सुख के लिए होती है। सुख किसी अन्य के लिए नहीं होता। इसी तरह सब वस्तु आत्मा के लिए होती है, आत्मा किसी अन्य के लिए नहीं होता। अतः सुख और आत्मा का एक ही

लक्षण होने से, आत्मा एव सुख की एकता है। सुख एव आत्मा-दोनों ही निरुपाधिक एव निरतिशय प्रेम के आस्पद स्वीकार किये जाते है। सुख सबको स्वभावतः प्रिय है। अतः उसको प्राप्त करना सब चाहते है। इसीलिए सुख का अन्वेषण सभी करते है। क्योंकि सुख आत्मा का स्वरूप ही है- **'सुखमस्यात्मनो रूपम्।'** अविद्या के आवरण से अपने उस सुख-स्वरूप आत्मा के आवृत हो जाने से यह जीव उस आत्म-सुख से वञ्चित होकर अपने को निःसुख एव दुःखमय समझकर, सुख के लिए छटपटाता हुआ फिर बाह्य विषयों में उसका अन्वेषण करने लगता है। अतः सुख के लिए ही बाह्य विषयों को तृष्णा उत्पन्न होती है। परन्तु बाह्य-विषयों में पूर्ण सुख के विद्यमान न होने से प्राणी को उनसे केवल सुख का आभासमात्र ही प्राप्त होता है, पूर्णसुख नहीं मिलता। क्योंकि विषयों में वह पूर्णसुख तो है ही नहीं। यथा काँटा चुभने से चित्त व्यथित होता है, वैसे ही तृष्णारूप कण्टक से भी चित्त व्यथित होता है। किन्तु अभिलषित वस्तु की प्राप्ति होने पर कुछ क्षण के लिए तृष्णा की शान्ति हो जाती है। उस समय प्राणियों का अन्तःकरण शान्त, स्वस्थ, निश्चल, अन्तर्मुख एव सत्त्वात्मक हो जाता है। उसी अन्तःकरण में वास्तविक आनन्द एवं रस की जो अभिव्यक्ति होती है, वही लौकिक-सुख काम कहलाता है। जिस वस्तु की अधिक तृष्णा होती है, उसकी प्राप्ति में चित्त उतना ही अधिक शान्त होता है। और उस चित्त पर उतनी ही अच्छी रस या आनन्द की अभिव्यक्ति होती है।

इस संसार में प्रत्येक जीव के साथ अविद्या, कर्म, वासना, रुचि और प्रकृति-सम्बन्ध का चक्र लगा हुआ है। जीवात्मा को शरीर प्राप्त होने पर, अविद्या के कारण शरीर में आत्माभिमान हो जाता है। अतः आत्माभिमान की जननी अविद्या है।

अविद्या से राग-द्वेष आदि दोष उत्पन्न होते है। राग-द्वेष से फिर पुण्य-पापरूप कर्म होते हैं। कर्मों से वासना उत्पन्न होती है। वासनाओं से रुचि उत्पन्न होती है, उन रुचियों के अनुसार अन्तिम स्मरण होकर फिर पुनर्जन्म, अर्थात् पुनः शरीर-सम्बन्ध होता है। तब उस शरीर में आत्माभिमान होकर पुन राग-द्वेष उत्पन्न होते है, उनसे फिर पुण्य पाप कर्म, उनसे फिर वासना, वासना से रुचि, और रुचि से फिर प्रकृति सम्बन्ध होता है इस प्रकार से यह चक्र चलता-रहता है।

मनुष्य-जीवन का मुख्य फल तत्त्वज्ञान है। तत्त्वज्ञान के लिए जिस प्रकार जीवन अत्यन्त अपेक्षित है, उसी प्रकार जीवन के लिए, नितान्त उपयोगी होने से काम भी अत्यन्त अपेक्षित है। इसीलिए महर्षि व्यास ने कहा है, कि-

'धर्मार्थकाम-मोक्षाणा प्राणाः संस्थिति-हेतवः।

तान्निघ्नता किं न हतं, रक्षता किं न रक्षितम्।।'

अतएव तत्वज्ञान के उपयोगी मनुष्य जीवन को स्वस्थ, सुखी एवं सुरक्षित रखकर, तत्वज्ञान के अनुकूल बनाये रखना-काम का मुख्य फल-है, और इन्द्रिय प्रीति उसका गौण फल है। काम का फल इन्द्रियों को तृप्त करना नहीं, उसका प्रयोजन केवल जीवन निर्वाह है। क्योंकि विषयों के सेवन से इन्द्रियाँ कभी भी तृप्त नहीं हो सकती। अतः जितना विषय सेवन करने से अपना स्वास्थ्य ठीक बना रहे, उतना ही काम का सेवन करना चाहिए। अर्थात् रसना से उतना ही रसका सेवन करना चाहिए, कि जितने से अपना स्वास्थ्य ठीक रहे। आँख से उतना ही रूप देखना चाहिए कि जितना देखने से स्वास्थ्य ठीक रहे। इसी तरह नाक आदि इन्द्रियों से भी

उतना ही गन्ध आदि विषय सेवन करना चाहिए, जितने से कि अपना स्वास्थ्य ठीक बना रहे। इस तरह से काम का फल जीवन निर्वाह है, और जीवन का फल है- तत्त्वजिज्ञासा, अर्थात् उच्चकोटि के तत्त्व का चिन्तन करना बहुत प्रकार के कर्म करके स्वर्गादि को प्राप्त करना उसका फल नहीं है। अत: जीवन-धारण के द्वारा तत्त्वज्ञान में उपयोगी होने के कारण 'काम' को भो एक पुरुषार्थ स्वीकार किया गया है। महर्षि शुक्राचार्य के अनुसार - **'न पीडयेदिन्द्रियाणि न चैतान्यति लालयेत्। इन्द्रियाणि प्रमाथीनि हरन्ति प्रसभं मनः।।4'** बहुत बढ़ा हुआ काम क्रोध को उत्पन्न करके बड़ा अनर्थ कर देता है। इसीलिए मनु ने कहा है कि 'काम में अति आसक्ति कभी भी नहीं करनी चाहिए'- **'अतिप्रसक्ति चैतेषां मनसापि न चिन्तयेत्।5'** इस प्रकार जो काम मनुष्य को सर्वाधिक प्रिय होने से 'पुरुषार्थ' है, उसका परिणाम अतीव दु:खद हो जाता है। इसी से काम जितना अधिक प्रिय है, उतनी ही अधिक शास्त्रों में उसकी निन्दा भी है। भगवान् कृष्ण ने गीता में कहा है कि काम, क्रोध और लोभ- ये तीनो नरक के द्वार है- **'त्रिविधं नरकस्येदं द्वारं नाशनमात्मनः। कामः कोधस्तथा लोभस्तस्मादेतस्त्रयं त्यजेत्।।' 'तस्मात्त्वमिन्द्रियाण्यादो नियम्य भरतर्षभ। पाप्मानं प्रजहि ह्येन ज्ञानविज्ञाननाशनम्।।'** स्त्री, पुत्र, गृह, क्षेत्र, धन-धान्य, भक्ष्य-भोजन आदि जो सुख के साधन है-उन स्थूल विषयों को 'बाह्य-काम' कहते है। इन्हीं को स्थूल काम भी कहते है। विषयों का चिन्तन या मनोरथ करते समय जो बाह्य विषय सूक्ष्मरूप से केवल मन में प्रतीत होते हैं, वे काम के आन्तरिक रूप होने से 'आन्तरिक काम' कहलाते है, इन्हीं को 'सूक्ष्म काम' कहते है इनसे भी सूक्ष्म जो देखे और सुने हुए

विषयों के अत्यन्त सूक्ष्म-संस्कार अन्त:करण में अङ्कित हो जाते है, उनको 'वासना-मात्र' काम कहते है- इन्हीं का नाम 'सूक्ष्मतर काम' है। इस तरह से काम के तीन भेद होते हैं। इनमें से सूक्ष्म और सूक्ष्मतर अर्थात् आन्तरिक और वासनामय काम ही बाह्य काम में प्रवृत्ति के कारण है। इनमें से अन्त:करण में प्रविष्ट 'वासना-मय' काम तथा 'कामनारूप' मानस काम के 4-4 भेद6 स्वीकार किये गये हैं। यथा-(1) सूक्ष्म, (2) स्थूल, (3) स्थूलतर और (4) स्थूलतम। महाभारत में कहा गया है कि 'जिसके मन में कोई कामना नहीं है, उसे न तो धन कमाने की इच्छा होती है और न धर्म करने की ही। क्योंकि कामना-हीन पुरुष तो काम (अर्थात् भाग) भी नहीं चाहता है। इसलिए 'त्रिवर्ग' में काम ही सबसे बढ़कर है। अत: ऋषि-मुनि लोग भी काम से ही-किसी न किसी कामना से संयुक्त होकर तपस्या में मन लगाते हैं। कन्द-मूल, फल और पत्ते खाकर रहते है। वायु पीकर मन और इन्द्रियों का सयम करते है।

आन्तरिक काम की उत्पत्ति बाह्य-काम से होती है। बाह्य-विषयों को देखने और सुनने से ही मन में उन विषयों की प्राप्ति का सङ्कल्प अर्थात् 'यह वस्तु मुझे मिल जाय' इस प्रकार की एक विशेष वृत्ति उत्पन्न होती है, उसको 'कामितं काम:' इस व्युत्पत्ति के अनुसार 'काम' कहते है।

सूक्ष्म काम का निवास स्थान है- चित्त। अत: सभी काम सूक्ष्मतम-रूप से-वासनारूप से प्राणियों के चित्त में प्रविष्ट होकर छिपे रहते हैं। चित्त का नाम 'आशय' है। आशय शब्द का अर्थ है-**'आ शेरत कामा यस्मिन् स आशयः'**-अर्थात् जिस में सर्वत्र काम सोये पड़े हो, यानी कामों के सोने की जगह। अत: सभी काम अर्थात्

सम्पूर्ण विषय, वासनारूप से चित्त में प्रविष्ट होकर, चित्त की एक-एक वृत्ति में घुसकर, वही पड़े रहते है और चित्त भी उन सब विषयों में ही घुसा रहता है। अर्थात् चित्त और काम (विषय), दोनों ही परस्पर मिल-जुले ही रहते हैं।

सब अनर्थों की जड़ वासना है। किसी भी विषय को देख-सुनकर मन में उसकी वासना उत्पन्न न होने देना बहुत कठिन काम है-यह अपने वश की बात नहीं है। ऐसी ही अवस्था हमारे अन्तःकरण की भी है। अन्तःकरण पर देखी-सुनी हुई वस्तु की तुरन्त ही छाप पड़ जाती है। वह छाप ही 'वासना' कहलाती है। और फिर कालान्तर में सङ्ग पा करके वह वासना ही आशय में अर्थात् मन में-सोये हुए काम को अर्थात् विषय-सङ्कल्प रूप आन्तरिक काम को जगाकर, मन में उस विषय की भोगाभिलाषा को उद्दीप्त करके मन को स्थूल काम की बाह्य विषयों की प्राप्ति और उनको भोगने के लिए प्रेरित कर देती है। मानसिक काम के स्मरण चिन्तन और बाह्य काम के उपभोग एव कामी जनों की कथा वार्ताएँ सुनने से चित्त पर उन बातों का बड़ा भारी असर पड़ जाता है। आसक्ति हो जाने पर उसको प्राप्त करने और उसे अपने पास रखने की कामना होती है। फिर उन वस्तुओं के उपभोग की कामना बढ़ती है। उत्कट कामना हो जाने पर काम्य विषय के न मिलने अथवा उस में रूकावट होने पर लोगों में परस्पर कलह होने लगता है। कलह से फिर असह्य क्रोध उत्पन्न हो जाता है। क्रोध के समय फिर अपने हित और अहित का ज्ञान ही नहीं रह जाता चित्त में भारी अज्ञान छा जाता है। अज्ञान से फिर मनुष्य की कार्याकार्य का निर्णय करने वाली, व्यापक चेतनाशक्ति अर्थात स्मृतिशक्ति शीघ्र ही लुप्त हो जाती है। चेतनाशक्ति अर्थात् स्मृतिशक्ति के लुप्त हो जाने पर मनुष्य में मनुष्यता ही नहीं

रह जाती पशुता आ जाती है और वह शून्य के समान अस्तित्व विहीन हो जाता है।

काम ही प्राणियों के जन्म-मृत्यु रूप बन्धन का हेतु है। प्राणिमात्र को सत् और असत् कर्मो में काम ही प्रेरित करता है। अतएव काम ही समस्त सृष्टि का सचालक है। विश्व में जो कुछ भी हुआ है, अथवा हो रहा है, यह सब काम का ही कार्य है। इसलिए भगवती श्रुति भी काम की महिमा का गान करती हैं- **'कोऽदात् कस्मा मदात् कामोऽदात् कामायादात्। कामा दाता कामः प्रतिगृहीता कामैतत्ते।।'** इसीलिए शास्त्रों में कहा गया है कि-''इस विश्व-ब्रह्माण्ड में जो कुछ भी है, वह सब काम का ही परिणाम है''- **'कामस्यान्नमिदं सर्व प्रजापतिरकल्पयत्।'** इसीलिए महाभारत में काम को त्रिवर्ग में मुख्य बतलाया गया है- **'नाकामतो ब्राह्मणाः स्वन्नमर्थान् नाकामतो ददाति ब्राह्मणेभ्यः। नाकामतो विविधा लोकचेष्टा स्तस्मात् कामः प्राक् त्रिवर्गस्य दृष्टः।।'** आन्तरिक काम की उत्पत्ति होती है बाह्य-काम से। इन्द्रियों द्वारा बार-बार बाह्य विषयों को देखने-सुनने से चित्त उन विषयो में आसक्त हो जाता है, और वे विषय चित्त में अङ्कित हो जाते है। अत: आन्तरिक काम की उत्पत्ति की शुरुआत बाहर से होती है। बाहर इन्द्रियाँ है, अन्दर बुद्धि स्थित है। बुद्धि में कर्तृत्व रहता है। मन की प्रेरणा से इन्द्रियाँ बाहर, विषयों में जाती है, तब पीछे फिर बुद्धि उन पर आसक्त होती है। अत: आन्तरिक काम को उत्पन्न और उद्बुद्ध करने वाला बाह्य-काम है। बाहर का ही काम अन्दर बुद्धि में प्रविष्ट होता है। अतएव आन्तरिक काम को निवृत्त नष्ट करने के लिए, काम का निरोध पहिले बाहर से करना चाहिए। इन्द्रियों को वश में करना चाहिए। बाहर के काम का अवरोध होने पर ही, अन्दर के काम का अर्थात्

मन और बुद्धि में स्थित काम और वासनाओं का अवरोध हो सकता है।

काम से चित्त सदैव साभिलाष बना रहता है। इसकी महिमा बड़ी अपार है। सब काम्य-विषय वासना रूप से चित्त में चुभ जाते है, प्रविष्ट हो जाते है अर्थात् उसी में छिप जाते है। और चित्त विषयों में प्रविष्ट हो जाता है। चित्त विषयों में और विषय चित्त में दोनों ही परस्पर एक दूसरे में विलीन होकर एकरूप हो जाते है। इसी को 'हृदय-ग्रन्थि' कहते है। इस प्रकार चित्त और विषयों का एकीकरण हो जाने पर फिर विषयों का परित्याग करना अत्यन्त अशक्य हो जाता है। क्योंकि मन में विषय-लालसा बढ़ जाने पर फिर भोग्य विषयों में गुण ही गुण प्रतीत होने लगते है। विषयों में गुणों का ध्यान गुणों की कल्पना करने से मनुष्य के मन में रजोगुण प्रबल हो जाता है। रजोगुण से व्याप्त मन में विषयों की प्राप्ति और उनके उपभोग का दृढ सङ्कल्प उत्पन्न होता है। उसी से फिर मन में काम अत्यन्त प्रबल, दुसह हो जाता है। प्रबल काम के वश में हुआ जीव फिर कभी जितेन्द्रिय नहीं रह सकता। अजितेन्द्रिय पुरुष रजोगुण के वेग से प्रेरित होकर, जानते हुए भी दुःखद परिणाम वाले कर्म करने को परवश हो जाता है।

मनुष्य जीवनका लक्ष्य है-शान्ति को प्राप्त करना। काम उसको नष्ट देता है। क्योंकि काम के अधिक सेवन से कामासक्ति बढ़ती है। कामासक्ति से वासनाएँ प्रबल होती है। प्रबल वासनाओं से चित्त में प्रबल काम होता है। जहाँ काम प्रबल होता है, वहाँ फिर काम की सन्तति क्रोध, लोभ और मोह भी प्रबल हो जाते है। इसी से फिर मनुष्य का ज्ञान आवृत हो जाता है। ज्ञान के आवृत्त हो जाने से फिर शान्ति

जाती रहती है। विषयों का चिन्तन करने वालो की इन्द्रियाँ विषयों से आकृष्ट होकर उनके मन को भी उन्हीं की ओर खींच ले जाती है। वैसे तो मनुष्यों के धर्म और जीवन के लिए अत्यन्त उपयोगी होने के कारण काम 'पुरुषार्थ' है। अत: धर्म में सहायक होकर काम भी परम्परया 'पुरुषार्थ' (मोक्ष) का ही साधन है। अर्थात् धर्माविरुद्ध काम यानी शास्त्र सम्मत स्त्री, पुत्र, गृह, वित्त आदि इच्छित विषयों की प्राप्ति तथा उनके उपभोग से धर्मानुष्ठान का मुख्य साधन शरीर स्वस्थ और सुरक्षित रहता है।

यद्यपि काम से ही सृष्टि है। किन्तु वह काम धर्म के अविरुद्ध होना चाहिए। विषयों का चाव घट जाने पर जब विषयों की वासनाएँ कुछ शिथिल पड़ जाती है, तब भाग्यवश किसी निमित्त से अर्थात् किसी सद्गुरु, सत्सङ्ग, सत्कथा या धार्मिक आख्यानों के प्रभाव से चित्त में भगवान् की ओर अनुराग उत्पन्न होकर उसमें भगवद्विषयिणी कामनाएँ अङ्कुरित हो जाती है। उनसे अन्त:करण अतीव स्वच्छ होकर उसमें केवल एकमात्र भगवद्-विषयिणी कामनाएँ प्रबल होकर फिर उत्तरोत्तर उसी विषय का सङ्कल्प, चिन्तन और मनन होने लगता है। उससे चित्त का सम्बन्ध धर्म और भगवच्चरणों में हो जाता है। अत: ऐसी अवस्था में फिर पूर्वोक्त तीनों प्रकार के काम का अर्थात् वासनारूप, मानसरूप और बाह्यरूप-इस त्रिविध काम का विषय एकमात्र भगवान् ही हो जाते है। तब यही काम भगवद्-अनुरक्ति के रूप में परिणत हो जाता है।

परमात्मा ज्ञानस्वरूप और निर्गुण है। इसलिए उनके प्रति की हुई सकाम

भावना भी, अन्यान्य कर्मों के समान जन्म-मृत्युरूप फल देने वाली नहीं होती।

यह आत्मानुराग ही भक्ति योग कहलाता है। भक्तियोग से जीव का हृदय अतीव विशुद्ध हो जाता है, जिससे कि चित्त से सूक्ष्म, सूक्ष्मतर वासनामय सभी आन्तरिक काम नष्ट हो जाते है-भगवान् कृष्ण ने भागवत में कहा है कि- '**प्रोक्तेन भक्तियोगेन भजतो माऽसकृन्मुनेः। कामा हृदय्या नश्यन्ति सर्वे, मयि हृदि स्थिते।।**' काम से मारा हुआ चित्त इधर-उधर घूमता हुआ जहाँ-जहाँ भी जाय, वहाँ-वहाँ से उसे लौटाकर धीरे-धीरे हृदय में रोकना चाहिए। चित्त का निरोध हो जाने पर फिर समस्त इन्द्रियाँ अपने आप ही निरुद्ध हो जाती है। इस प्रकार निरन्तर अभ्यास करने पर यथा इन्धन के बिना आग बुझ जाती है, वैसे ही थोड़े ही समय में चित्त शान्त हो जाता है। इसीलिए महात्मा विदुर ने महाराज धृतराष्ट्र से कहा है कि-'जो मनुष्य जितेन्द्रिय, क्रोध और लोभ से रहित, सन्तोषी, तथा सत्यवादी होता है, उसको शान्ति प्राप्त होती है'- '**यतेन्द्रियो नरो राजन् क्रोधलोभनिराकृतः। सन्तुष्टः सत्यवादी यः स शान्तिमधिगच्छति।।7**'

महाभारत में कहा है कि-'यह दूर तक दौड़ने वाला और अनेक विषयों की ओर जाने वाला कामनामय सशयात्मक मन अच्छी तरह से जिसके वश में हो जाता है, वह मनुष्य इस लोक तथा मरने के बाद परलोक में भी सुखी होता है। अत: सांसारिक विषयों की ओर अधिकाधिक आकृष्ट होने वाला यह काम यदि ईश्वर में, निर्गुण ब्रह्म में रति के रूप में परिणत हो जाय, तो फिर '**सा परानुरक्तिरीश्वरे**' के अनुसार वह अन्त में भगवद्भक्ति का रूप धारण करके मनुष्य को कृतकृत्य कर देता है। चित्त की सब वृत्तियाँ अत्यन्त शान्त हो जाती है, तब चित्त फिर ब्रह्मानन्द के

सस्पर्श में मग्न हो जाता है और फिर उसका काम की ओर विषयों की ओर, कभी भी खिचाव नहीं होता।' विषयों की ओर चित्त का खिंचाव न होने पर ही मनुष्य को वास्तविक शान्ति का सुख प्राप्त होता है। इस प्रकार से काम की निवृत्ति भी काम से ही हो जाती है। इसीलिए 'काम' भी एक अद्वितीय पुरुषार्थ है।

●●●

समाप्ति नोट (Endnote):-

1. (**वनपर्व** 33.3)।
2. साध्य और साधनों में अभेद समझकर।
3. अपनी-अपनी प्रकृति के अनुकूल-यह इसलिए कहा गया है कि प्रकृति की (अर्थात् स्वभाव की) मिन्नता के कारण किसी को खट्टा अच्छा लगता है, किसी को मीठा, किसी को ताता, किसी को कडुआ और कसैला? इसी तरह किसी को सङ्गीत प्रिय है, किसी का रूप और रङ्ग। किसीको सुगन्ध और किसी को स्पर्श!
4. (**शुक्रनीति**, **अध्याय**-3, **श्लोक**-14)।
5. (**मनुस्मृ**. 2)।
6. देखिए-गीता की मधुसूदनी टीका-3 अ.।
7. (**महाभारत**, **स्त्रीपर्व**-7.18)।

पञ्चम अध्याय

सनातन संस्कृति में मोक्ष की अवधारणा

इस अध्याय में सनातन संस्कृति में निहित मानव जीवन के अन्तिम पुरुषार्थ मोक्ष की अवधारणा के विषय में बताया गया है। 'मोक्ष' को अन्य नामों से भी पुकारते हैं— कैवल्य, मुक्ति, परमपद, निर्वाण इत्यादि। **क्षीयते इति शरीरम्** अर्थात् रोग-व्याधि न होने पर भी उम्र के साथ यह क्षीण होता जाता है। मोक्ष को परम पुरुषार्थ के रूप में भी स्वीकार किया जाता है। सामान्यत: लोक में देखा जाता है कि अर्थ और काम के प्रकाश के समक्ष अधिकांश, अविवेकी मनुष्य मोक्ष को शुष्क और नीरस समझकर उसका नाम ही सुनकर चिन्तित होने लगते हैं। इस प्रकार के मनुष्य सोचते है कि- मोक्ष को प्राप्त करने में क्या आनन्द मिलेगा? उस लोक न तो हमारा यह शरीर ही रहेगा और न ये प्रियतम विषय ही मिलेंगे, केवल यह आत्मा परमात्मा में विलीन हो जायगा। फिर इससे हमें आनन्द क्या मिलेगा?'

'यदि देखा जाये तो सनातन संस्कृति में सबसे उत्तम, सबसे सुखमय और सबको अभीष्ट और चाहने योग्य निरवधिक अखण्ड आनन्दमय महान् सरस पुरुषार्थ 'मोक्ष' ही स्वीकार किया जा सकता है।' मोक्ष ही समस्त पुरुषार्थों और समस्त सुखों का श्रेष्ठतम उपाय है। इस लोक में बहुत अल्प मनुष्य ही हैं जिनको मोक्ष की प्राप्ति

हो पाती है। मोक्ष शब्द का सामान्य अर्थ है- **मुच्यते सर्वैर्दुःखबन्धनैर्यत्र सः मोक्षः।** अर्थात् जिस पद को प्राप्तकर जीव आध्यात्मिक आदि सम्पूर्ण दु:खबन्धनों से मुक्त हो जाता है उसे मोक्ष की संज्ञा दी गई है। तो जीव स्वतन्त्र है कि परतन्त्र ? इसका जबाव है कि- जीव परतन्त्र है। यद्यपि शरीर भिन्न है और शरीरी आत्मा (जीव) भिन्न है। परन्तु शरीरी शरीर के अन्दर, शरीर और इन्द्रियों के बन्धनों से बन्धा हुआ है, अतएव वह बिल्कुल परतन्त्र है। बड़े-से-बड़ा सम्राट् भी अपनी इच्छा से इस बन्धन को तोड़ नहीं सकता। समय समाप्त हो जाने पर वह स्वेच्छा से एक-आध घण्टे भर भी फिर इस शरीर में नहीं रह सकता। अत: शरीर धारण करना ही जीव का महान् बन्धन है। शरीरवान् होते हुए इन जन्म-मरण और कर्म-भोगों की परतन्त्रता से छुटकारा कोई भी नहीं पा सकता। जब तक यह बन्धन है, तब तक जीव को परम आनन्द अर्थात् अखण्ड सुख प्राप्त हो ही नहीं सकता। 84 लाख योनियों से भरपूर इस अपार संसार में अनेक प्रकार के सुख-दु:ख है। सुख को ही सब स्वीकारते है, दु:ख को कोई भी नहीं स्वीकारता। किन्तु प्रकृति का एक ऐसा सिद्धान्त है कि किसी-न-किसी रूप में दु:ख सभी को भोगना ही पड़ता है। सुख और दु:ख का भोग सबका एक-सा नहीं रहता है। मनुष्यों का हृदय सुख के लिए हमेशा उत्कण्ठितं रहता है। अतएव सुखप्राप्ति के लिए ही प्रत्येक मनुष्य कर्म करता है और जिसका जैसा पुरुषार्थ रहता है, उसको वैसा ही सुख मिलता है।

मनुष्य के पास सामान्य सुख रहने पर भी अपने से विशेष सुखी व्यक्ति को देखकर, उसके सुख की उत्कण्ठा और बढ़ जाती है। और उतना सुख न मिलने पर, मन में उसी को प्राप्त करने की चिन्ता लगी रहने से, अपना पहले का सुख भी दु:ख

रूप में ही बदल जाता है। इसी से विवेकी पुरुषों की दृष्टि में, सांसारिक सुख भी, परिणाम में नीरस ही होने के कारण, दु:ख रूप ही है। अत: सांसारिक सुख के अनुभव के समय मनुष्य को जो-जो भी वस्तु सुखरूप प्रतीत होती है, सूक्ष्म विचार करने पर वह सब वास्तव में दु:खरूप ही है। योगसूत्र में महर्षि पतञ्जलि ने कहा है कि-

'परिणाम-ताप-संस्कार-दुःखैर्गुणवृत्ति, विरोधाच्च दुःखमेव सर्व विवेकिनः।' अर्थात् विषयसुख नित्य-सुख नहीं है। क्षणिक और दु:ख से मिश्रित है। क्योंकि विषय सुख को प्राप्त करने में पहले बड़ा कष्ट उठाना पड़ता है और पीछे फिर उसके अनुभव के समय में भी प्राय: कोई-न-कोई दु:ख वहाँ रहता ही है। अत: संसारी पुरुष को ऐसे सुख का अनुभव कभी भी नहीं होता, जिसके अनुभव के समय बाह्य, आन्तरिक कोई एक भी दु:ख, मन्द रूप से भी न रहे। इसके साथ ही साथ सांसारिक सुख परिणाम में विनाशी है, विषय-सुख का नाश अवश्यभावी है और उसके नाश होते समय फिर बड़ा भारी दु:ख होता है। अतएव यह सुख भविष्य में दु:ख का हेतु है और वर्तमान समय में भी उसके विनाश की सम्भावना का भय लगा ही रहता है। इस प्रकार विषयों से प्राप्त होने वाला सुख दु:खों से ओत-प्रोत है। अत: ऐसा सुख परिणाम में शोकरूप में ही परिणत हो जाता है। 'मनुष्य के मन में जिन-जिन विषयों के प्रति अनुराग उत्पन्न होता है, पीछे उन विषयों के विनष्ट होने पर फिर वही अनुराग शोकरूप में परिणत हो जाता है। अतएव बुद्धिमान् व्यक्ति को चाहिए कि भगवान् में ही अनुराग करे। क्योंकि वह अनुराग शोकरूप में परिणत नहीं होता। श्रीमद्भागवत में महर्षि शुक के अनुसार- **'यं यर्थमुपादत्ते दुःखेन सुखहेतवे।**

तं तं धुनोति भगवान् पुमान् शोचति यत्कृते।।' अर्थात् जीव सुख को अभिलाषा से जिस-जिस वस्तु को बड़े कष्ट से प्राप्त करता है, उस-उस को काल भगवान् विनष्ट कर देते हैं। उसके लिए फिर मनुष्य शोक करता रहता है। महाभारत के स्त्रीपर्व में धृतराष्ट्र ने भी कहा है कि-

'धिगस्तु खलु मानुष्यं, मानुषेषु परिग्रहे। यतो भूलानि दुःखानि संभवन्ति मुहुर्मुहुः।।' अर्थात् इस मनुष्य जन्म को धिक्कार है। इसमें भी विवाह आदि करके परिवार बढ़ाना तो और भी बुरा है। क्योंकि उसी के कारण मनुष्यों को बार-बार नाना प्रकार के दुःख प्राप्त होते है। विष्णु-पुराण में महर्षि पराशर ने कहा है कि- 'प्राणियों को केवल नरक में ही दुःख हो केवल यही नहीं अपितु स्वर्ग में भी पतन के भय से जीव को शान्ति नहीं मिलती। जीव बार-बार गर्भ में आता है, और जन्म ग्रहण करता है। कभी गर्भ में ही नष्ट हो जाता है। और कभी जन्म लेते ही मर जाता है। जो उत्पन्न हुआ है, वह जन्म लेते समय, बाल्यावस्था में, युवावस्था में, अथवा जराग्रस्त होकर फिर वृद्धावस्था में मर जाता है। और जब तक भी जीता है, तब तक विभिन्न प्रकार के दुःखों से, इस प्रकार घिरा रहता है कि, जिस तरह से-कपास का बीज चारों ओर से तन्तुओं के कारण सूक्ष्म-सूत्रों से घिरा रहता है'-

'यावज्जीवति तावच्च दुःखैर्नानाविधैः प्लुतः। तन्तुकारण-पक्ष्मौघै-रास्ते कार्पासबीजवत्।।' द्रव्य के उपार्जन, संरक्षण और विनाश होने में, तथा इष्ट-मित्रों के विपत्तिग्रस्त होने पर मनुष्यों को अनेक दुःख प्राप्त होते हैं। इतना ही नहीं, मनुष्यों को जो-जो भी वस्तुएँ अभीष्ट होती हैं, वे भी सब दुःखरूपी वृक्ष का

बीज हो जाती है। स्त्री, पुत्र, मित्र, अर्थ, गृह, क्षेत्र और धन आदि वस्तुओं से मनुष्यों को जैसा दु:ख प्राप्त होता है, वैसा सुख नहीं होता- **'यद् यत् प्रीतिकरं पुसां वस्तु मैत्रेय जायते। तदेव दुःखवृक्षस्य बीजत्वमुपगच्छति।। कलत्र-पुत्र-मित्रार्थ-गृहक्षेत्रधनादिकैः। क्रियते न तथा भूरि सुखं पुंसां यथाऽसुखम।।'**

अतएव गर्भ, जन्म एवं जरा आदि अवस्थाओं से उत्पन्न होने वाले आध्यात्मिक आदि त्रिविध दु:ख-समूह की एकमात्र सनातन महौषधि भगवत्प्राप्ति ही है। जिसका एकमात्र लक्षण निरतिशय आनन्दरूप सुखकी प्राप्ति ही है। इसलिए विवेकशील पुरुषों को भगवत्प्राप्ति के लिए प्रयत्न करना चाहिए। उसकी प्राप्ति के साधन शास्त्रों में कर्म और ज्ञान-ये दो ही बतलाये है-

'तस्मात् तत्प्राप्तये यत्नः कर्तव्यः पण्डितैर्नरै।

तत्प्राप्तिहेतुर्ज्ञानं च कर्म चोक्ते महामुने।।'

अतएव तत्व-विवेकी पुरुषों को अन्त में मोक्ष सुख ही सबसे अधिक अभिलषित होता है। क्योंकि मोक्ष-सुख ही नित्य सुख है और वही समस्त दु:खनिवृत्ति स्वरूप है। इसीलिए शास्त्रों में मोक्षरूप नित्य-सुख की प्राप्ति के लिए ही उद्योग करने का आदेश है। बुद्धिमान् मनुष्य को चाहिए कि, वह उसी वस्तु की प्राप्ति के लिए प्रयत्न करे, जो कि तृण से लेकर ब्रह्मापर्यन्त-समस्त ऊँची-नीची योनियों में भटकने पर भी स्वयं नहीं प्राप्त हो सकती। क्योंकि संसार के विषय-सुख तो-जैसे बिना प्रयत्न किये दु:ख अपने आप मिलते है, वैसे ही-कर्म के फलस्वरूप में अचिन्त्यगति काल की प्रेरणा से सबको, सर्वत्र स्वभावत ही मिल जाते है। अत: ऐसे सुखों से मनुष्य का

विशेष कल्याण क्या हो सकता है?

काम से प्राप्त होने वाला सुख सच्चा सुख नहीं है। काम-सुख तो ऐसा ही है, जैसे कि पहले अपने सिर पर बोझ रखकर, फिर कुछ देर के लिए बोझ के उतरने से जरा-सी देर उससे छुटकारा पाकर सिर हल्का हो जाने से सुख का अनुभव करना। वास्तव में वह सच्चा सुख नहीं है-केवल सुखाभास है। क्षुधा लगने पर भोजन करने से, कुछ देरी के लिए, क्षुधारोग निवृत्त हो जाता है, इसी से मन में थोड़ा-सा चैन मालूम पड़ता है। प्यास लगने पर चित्त में जो बेचैनी उत्पन्न हो जाती है, वह पानी के मिल जाने से जरा दूर हो जाती है। इससे सुख क्या प्राप्त होता है? इसी प्रकार तत्-तत् इन्द्रियों के विषयों का चिन्तन करते-करते तत्-तत् इन्द्रियों की जो पिपासा बढ़ जाती है, वह कुछ रूप, रस, गन्ध आदि विषयों के प्राप्त हो जाने से-जरा देर के लिए शान्त हो जाती है। इससे कोई नया सुख जीव को क्या मिलता है? बस, सिर पर रखा हुआ बोझ जरा-सी देर के लिए उतर जाता है। श्रीमद्भागवत में कहा गया है कि- जैसे इस लोक की सम्पत्ति प्रत्यक्ष ही नाशवान् है, वैसे ही यज्ञयागादि से प्राप्त होने वाले स्वर्गादि लोक भी नाशवान् है और एक-दूसरे से छोटे-बड़े, नीचे-ऊँचे है। इसलिए वे सब भी निर्दोष नहीं है। अपने को बहुत बड़ा विद्वान् मानने वाला पुरुष इस लोक में जिस उद्देश्य से बार-बार बहुत से कर्म करता है, उस उद्देश्य की प्राप्ति तो दूर रही-उल्टा उसे उसके विपरीत ही फल मिलता है और नि:सन्देह मिलता है।

कर्म में प्रवृत्त होने के दो ही उद्देश्य है-सुख की प्राप्ति और दु:खों की निवृत्ति। परन्तु जो पहले कामना न होने के कारण सुखी था, उसे ही अब कामना के

कारण यहाँ सदा-सर्वदा दुःख ही भोगना पड़ता है। मनुष्य इस लोक में सकाम कर्मों द्वारा जिस शरीर के लिए भोगों को प्राप्त करना चाहते है, वह शरीर ही पराया है। नाशवान् है। कभी वह मिल जाता है तो कभी चला जाता है। जब शरीर की ही यह दशा है-तो फिर इससे अलग रहने वाले स्त्री, पुत्र, धन, महल, सम्पत्ति, राज्य, खजाने, पशु-पक्षी, नौकर चाकर, भृत्य, गुरुजन और दूसरे, अपने-कहलाने वालों की तो बात ही क्या है? ये तुच्छ विषय शरीर के साथ ही नष्ट हो जाते है। ये जान तो पड़ते हैं, पुरुषार्थ के समान, परन्तु है-वास्तव में ये सब अनर्थरूप ही। आत्मा तो स्वयं ही अनन्त आनन्द का महान् समुद्र है। उसके लिए इन वस्तुओं की क्या आवश्यकता है? जो जीव गर्भावस्था से लेकर मृत्यु-पर्यन्त-सभी अवस्थाओं में अपने कर्मों के अधीन होकर क्लेश-ही-क्लेश भोगता है, उसका इस संसार में स्वार्थ ही क्या है? श्रीमद्भागवद में भगवान् कृष्ण ने कहा है कि-

'को न्वर्थ सुखयत्येनं कामो वा मृत्युरन्ति के।
आघातं नीयमानस्य वध्यस्येव न तुष्टिदः।।'

अर्थात् जीवों के शिर पर जब कि हर समय मृत्यु नाच रही है, तब ऐसी कौन-सी भोग-सामग्री अथवा भोग-कामना है, जो कि उन्हें सुखी कर सके? भला, जिस मनुष्य को फाँसी पर लटकाने के लिए वध-स्थान पर ले जाया जा रहा हो, उसे क्या कोई सुन्दर फल-फूल, चन्दन, वनिता आदि पदार्थ सुखी कर सकते है? कभी नहीं। अतः इन वस्तुओं से सच्चा सुख किसी को भी नहीं मिल सकता। सच्चा सुख तो तभी प्राप्त हो सकता है, जब कि भूख, प्यास, विषय-तृष्णा, राग-द्वेष, जन्म लेना,

मरना आदि दु:खों की सारी ही परम्पराएँ सदा के लिए बन्द हो जायें। उसी का नाम है-मुक्ति। जीव का वास्तविक स्वरूप तो ब्रह्म ही है, उससे भिन्न नहीं। अत: उसमें कर्तृत्व, भोक्तृत्व, सुखित्व, दुखित्व-इत्यादि समस्त अनात्मभाव अविद्या से, अज्ञान से परिकल्पित है। अज्ञान से कल्पित उन समस्त अनात्मभावों का परित्याग करके जीव का अपने वास्तविक परमात्म-स्वरूप में अर्थात् स्व-स्वरूप में, स्थित हो जाना ही 'मुक्ति' कहलाता है- **'मुक्तिर्हित्वाऽन्यथारूपं स्वरूपेण व्यवस्थितिः।' (श्रीभागवत-2/10)।** प्रत्येक मानव के ये पाँच लक्ष्य है- 1 अनन्त सत्ता, 2 असीम ज्ञान, 3 अविच्छिन्न सुख, 4 परम स्वातन्त्र्य और 5 सब पर अपना आधिपत्य। ये पाँचो ही गुण भगवान् के है। इन पाँचो परिस्थितियों में से-जिन्हें प्राप्त करने के लिए हम सभी मनुष्य बिना 'ननु नच' के उत्सुक और सचेष्ट रहते है-कोई भी, किसी एक मनुष्य में नहीं दिखलायी पड़ता, चाहे वह कितना भी महान् क्यों न हो? वास्तव में ये सब गुण उसके है, जिससे कि संसार के सब धर्म 'ईश्वर' के नाम से पुकारते है। अत: जो लोग ईश्वर के अस्तित्व पर विश्वास नहीं रखते अथवा उसे अस्वीकार भी करते है- वे लोग भी, अज्ञात रूप से सदैव उन्हीं गुणों की प्राप्ति का प्रयत्न करते रहते हैं, जो कि संसार के समस्त धर्म-ग्रन्थों में 'ईश्वर' के गुण कहे गये है। अनन्त-सत्ता, असीम ज्ञान, अविच्छिन्न आनन्द, परम स्वातन्त्र्य और सब पर अपना एकाधिपत्य- ये सब बातें प्रत्येक व्यक्ति चाहता है। छोटे-छोटे बच्चे भी इनकी इच्छा रखते है। अत: इससे स्पष्ट है कि-प्रत्येक मनुष्य ईश्वर-बनना चाहता है। इसीलिए श्रुतियाँ भी कहती है कि-

'नाल्पे सुखमस्ति। यो वै भूमा तत्सुखम्।' 'तत् त्वमसि।' 'जीवो

ब्रह्मैव नापरः।' अतएव मानवमात्र को-**'अहं ब्रह्मास्मि'** की भावना करने का पूरा अधिकार है। मोक्ष को 'निर्वाण' भी कहते हैं। निर्वाण शब्द का अर्थ भी पूर्वोक्त अर्थ को ही पुष्ट करता है। **'निर्गतो वाणः, तापो यस्मात् तत् निर्वाणम्'।** इस व्युत्पत्ति के अनुसार शोकजनित कायिक, वाचिक और मानसिक आदि समस्त सन्तापों की शान्ति को 'निर्वाण' कहते है। निर्वाण प्राप्त होने पर जीव प्रकृति के समस्त बन्धनों से मुक्त होकर, दु:खातीत हो जाता है। इसीलिए महर्षि चाणक्य ने कहा है कि-निर्वाण ही सब दु:खो की औषधि है- **'दुःखानामौषधं 1 निर्वाणम्।' (चा. सू. 1-69)।** इसी अर्थ को प्रकाशित करने वाला मोक्ष का एक नाम-अपवर्ग भी है। अपवर्ग शब्द का अर्थ होता है-**'अपकृष्टाः वर्गा धर्मार्थकामा यस्मात् सः अपवर्गः।'** अर्थात् जिसके सामने तीनों पुरुषार्थ निम्न कोटि के प्रतीत होते है, उसको अपवर्ग कहते है। इसी को 'कैवल्य' 'परमपद' 'परमकल्याण' 'परमज्योति' 'नि:श्रेयस' 'आत्यन्तिक क्षेम' अथवा 'स्वराज्य-प्राप्ति' भी कहते है।

हृदय में द्वैत-भाव के विद्यमान रहते प्राणी का भय वास्तव में निवृत्त नहीं हो सकता। अत: हृदय से सम्पूर्ण द्वैतभाव को मिटाकर अद्वय, परम आनन्दमय परमात्मा के साथ एकीभाव को प्राप्त हो जाना ही मनुष्य-जीवन का सर्वोत्तम लक्ष्य है। जिस अवस्था में इस मानवीय सत्ता का व्यापक भागवत् सत्ता के साथ एकीभाव हो जाता है, उसी को 'कैवल्य', 'परम-पद', 'स्वराज्य-प्राप्ति' कहते है। वहाँ जीव के सभी दु:ख विलीन हो जाते है-नष्ट हो जाते है-

'यदेन्द्रियोपरामोऽथ द्रष्ट्रात्मनि परे हरौ। विलीयन्ते तदा क्लेशाः संसुप्तस्येव

सर्वतः ।।2' इस प्रकार 'मोक्ष' तथा उसके पर्यायवाची सभी शब्दों की व्युत्पत्ति और निर्वचनों पर विचार करने से भी निश्चित होता है कि-सम्पूर्ण दु:खों के ससर्ग का अभाव हो जाना, अर्थात् समस्त दु:खों से रहित होकर अपने आनन्दमय स्वरूप का-स्वस्वरूप का साक्षात्कार करके, उससे अभिन्न हो जाना ही, मोक्ष, मुक्ति या निर्वाण कहलाता है और यही मानव-जीवन का प्रधान लक्ष्य है। अतएव वास्तव में यदि देखा जाय तो मुख्य पुरुषार्थ एकमात्र 'मोक्ष' ही है। उसी को प्राप्त करने के लिए त्रिवर्ग को अपेक्षा है, इसलिए मुख्य पुरुषार्थ मोक्ष में उपयोगी होने से त्रिवर्ग को भी 'पुरुषार्थ' कहते हैं। अर्थात् धर्म, अर्थ, और काम-ये तीनों पुरुषार्थ वास्तव में साक्षात् या परम्परया मोक्ष के ही साधन है। मुख्य पुरुषार्थ तो एक मोक्ष ही है। इसी से मोक्ष को 'परम-पुरुषार्थ' कहा गया है। श्रीमद्भागवत में कहा है-

'तत्रापि मोक्ष एवार्थः आत्यन्तिकतयेध्यते। त्रैवर्ग्योऽर्थो यतो नित्यं कृतान्तभयसंयुतः ।।3' अर्थात् समस्त पुरुषार्थों में भी सबसे श्रेष्ठ मोक्ष ही माना जाता है, क्योंकि अन्य तीन पुरुषार्थों में सदा, सर्वदा काल का भय लगा ही रहता है।' अत: मोक्ष को प्राप्त किये बिना जीव के दु:ख-परम्परारूप सम्पूर्ण अनर्थों की निवृत्ति कदापि हो नहीं सकती है। इसलिए मोक्ष ही परम-पुरुषार्थ है और वही मनुष्य-जीवन का अन्तिम लक्ष्य है। उसकी प्राप्ति होने से ही जीव के सकल दु:खों की निवृत्ति हो सकती है। अतएव निर्वाण को प्राप्त कर लेना ही मानव जाति के लिए सर्वोत्तम लाभ है। इसीलिए शास्त्रों में कहा गया है कि, जीवन का फल तत्त्व की जिज्ञासा है-

'जीवस्य तत्त्व जिज्ञासा नार्थो यश्चेह कर्मभि।'

मनुष्य का निश्चित कल्याण तो मोक्ष प्राप्त होने पर ही होता है। इसी से मोक्ष को 'नि:श्रेयस' कहते है। नि:श्रेयस शब्द का अर्थ है-जीव का सबसे बड़ा हित **'निश्चितं श्रेयः निःश्रेयसम्।'**4 श्रेय का अर्थ है, अभीष्ट फल। और जीव का जो अभीष्ट फल निश्चित है, जो कभी भी नष्ट नहीं होता। अर्थात् जिसकी स्थायिता में किञ्चिन्मात्र भी सन्देह नहीं है- ऐसे सर्वोत्तम अभीष्ट फल-(परम पुरुषार्थ-) को 'नि:श्रेयस' कहते है। यह बात केलल एक मोक्ष में ही सम्भव है। क्योंकि अन्य तीन पुरुषार्थों में सदा काल का भय लगा ही रहता है। क्योंकि आध्यात्मिक आदि दु:खों से युक्त प्राणी को बड़े भारी कष्ट से यदि कुछ अर्थ और कामरूप श्रेय प्राप्त हो भी जायें, तो उनसे जीव को क्या आत्यन्तिक लाभ हो सकता है? क्योंकि जिसको हर समय आध्यात्मिक आदि दु:ख घेरे रहते है और लौकिक साधनों से उनको दूर नहीं किया जा सके, ऐसी परिस्थिति में, मनुष्य को भारी-भारी कष्टों के द्वारा यदि कुछ सांसारिक सुख और उनके साधन प्राप्त भी हो जायें, तो उनसे उसको वास्तव में क्या सुख हो सकता है? क्योंकि, जिस शरीर के उपभोग के लिए वह सामग्री प्राप्त है, वह तो स्वयं अनेकानेक आधिव्याधियों से घिरा हुआ है-**'आध्यात्मिकादिभि-र्दुःखैरविमुक्तस्य कर्हिचित्।' मर्त्यस्य कृच्छ्रोपनतैरर्थैः कामै क्रियेत किम्5।।'**

श्रुतियों में जीव को प्रभु का अश बतलाया है और कहा है कि-जैसे अग्नि से विस्फुलिङ्ग (चिनगारियाँ) निकलते है, उसी तरह परमात्मा से जीवों का निर्गम होता है-

'तद्यथा अग्नेर्विस्फुलिङ्गा व्युच्चरन्ति, एवमेवैतस्मादात्मनः सर्वे जीवाः सर्वे लोकाः ।6'

विष्णु पुराण में कहा गया है कि-दो ब्रह्म ज्ञातव्य है. (1) शब्द-ब्रह्म-वेद शास्त्र, और (2) परब्रह्म। शब्द-ब्रह्म में निपुण हो जाने पर साधक विवेकजन्य उपासनारूपी ज्ञान के द्वारा परब्रह्म को प्राप्त करता है। इन प्रमाणों से सिद्ध होता है कि-परम पुरुषार्थ मोक्ष और उसके उपाय, इत्यादि सब शास्त्र से ही जाने जा सकते है। लौकिक या वैदिक उपायों से सम्पूर्ण दु:खों की निवृत्ति होना सर्वथा असंभव है। क्योंकि जब तक शरीर रहेगा, तब तक कुछ-न-कुछ दु:ख अवश्य ही लगा रहेगा। शरीरों का अभाव होने से ही सब दु:खों की निवृत्ति हो सकती है। क्योंकि जब तक देह रहते है, तब तक पुण्य-पाप रहते है। पुण्य-पाप से ही यह शरीर रचित है। और जब तक पुण्य-पाप रेहेंगे, तब तक सुख-दु:ख भी अवश्य रहेंगे। क्योंकि पुण्य का फल सुख और पापका फल दु:ख होता है। अत: शरीर का अभाव मोक्ष होने पर ही होता है।

'संसरति अस्मिन्निति संसारः।' इस व्युत्पत्ति के अनुसार 'संसार' शब्द का अर्थ जन्म-मरण का बन्धन होता है। तत्वज्ञान से उसकी निवृत्ति होना ही मोक्ष है। मोक्ष को प्राप्त करना ही इस मानव-जीवन का सर्वोच्च लाभ है। अतएव बुद्धिमान् मनुष्य को संसार के सम्पूर्ण दु:खों से मुक्त होने के लिए सदैव प्रयत्नशील होना चाहिए। इसीलिए महाभारत में बुद्धिमानों को सचेत करते हुए इस पर बड़ा जोर दिया है। भीष्म पितामह ने कहा है-

'जन्ममृत्युजरारोगे - र्व्याधिभिर्मानमक्लमैः।

दृष्टैव सततं लोकं घटेन्मोक्षाय बुद्धिमान्।।7'

अर्थात् यह सारा ही जगत् जन्म, मृत्यु, जरावस्था के दु:खो, व्याधियों और मानसिक व्यथाओं से घिरा हुआ है। अतः बुद्धिमान् पुरुष को इनसे मुक्त होने के लिए अर्थात् मोक्ष के लिए सदैव प्रयत्न करना चाहिए।'

श्रुति भी यही कहती है-

'अथ ये तद् विदुरमृतास्ते भवन्ति, अथ ये न विदुस्ते मृत्युमेवोपयन्ति'। अर्थात् जो लोग उस परम सत्य आत्म-तत्व को जान लेते है, उसे प्राप्त कर लेते हैं, वे अमर हो जाते है। और जो उसको नहीं जानते, वे बारम्बार मृत्यु को ही प्राप्त होते रहते है।' इसीलिए विष्णु-पुराण में कहा है कि-'यह जीव अनेक सहस्र जन्मों तक सांसारिक भोगों में पढ़े रहने से उन्हीं की वासनारूपी धूलि से आच्छादित हो जाने के कारण मोहरूपी श्रम को प्राप्त हो जाता है। और जब ज्ञानरूपी उष्ण-जल से इसकी वह धूलि, वह वासना स्वच्छ हो जाती है, तब इस संसाररूपी पथ के पथिक का वह मोहरूपी श्रम शान्त हो जाता है। मोह-श्रम के शान्त हो जाने पर मनुष्य स्वस्थचित्त होकर उस अनन्य, निरतिशय एवं निर्वाध निर्वाण-पद को प्राप्त हो जाता है।

मुक्ति दो प्रकार की है-(1) सद्यमुक्ति, और (2) क्रममुक्ति। वर्तमान देह के छूटते ही प्राप्त हो जाने वालो मुक्ति को8 'सद्यो-मुक्ति' कहते है। और अर्चिरादि मार्ग के द्वारा क्रमशः तत्-तत् लोकों में होते हुए ब्रह्मलोक में पहुँचकर, चिरकाल तक वहाँ के

दिव्य भोगों का अनुभव करके, अन्त में-सब भोगों के अवसान होने पर, पूर्णज्ञान उत्पन्न होकर ब्रह्मलोक के अन्त होने पर, ब्रह्मदेव के साथ-साथ जो मुक्ति प्राप्त होती है, उसका नाम है-क्रममुक्ति- **'आत्यन्तिक-पुरुषार्थसिद्धिश्च द्विविधा-सद्योमुक्तिः, क्रममुक्तिश्चेति। वर्तमानदेहपातानन्तरमेव, सिद्ध्यति सधोमुक्तिः। उत्तर-मार्गणगत्वा ब्रह्मलोके चिरं भोगाननुभूय तत्रोत्पन्नशानस्य ब्रह्मलाकावसाने सिद्धयति क्रममुक्तिः।9'** इनके अतिरिक्त-सालोक्य, सार्ष्टि, सामीप्य, सारूप्य आदि और भी मुक्ति के अनेक मेद भक्ति-शास्त्रों में बतलाये गये है।

वेदान्त-दर्शन के अनुसार आत्म-तत्त्व का श्रवण, मनन और निदिध्यासन करते-करते जब आत्म-साक्षात्कार हो जाता है, तब मनुष्य के लिए संसार में फिर किसी प्रकार का, कोई भी कर्तव्य अवशिष्ट नहीं रह जाता। जो कुछ भी मानव जीवन का प्राप्य है, वह सब प्राप्त हो जाता है। अर्थात् मनुष्य जीवन्मुक्त हो जाता है। केवल वर्तमान शरीर तक ही उसके प्रारब्ध का भोग रहता है। प्रारब्धानुसार वर्तमान शरीर के विनष्ट होते ही वह मुक्त (अर्थात् विदेह-मुक्ति रूप कैवल्य को प्राप्त) हो जाता है- **'विमुक्तश्च विमुच्यते।'** देह, इन्द्रिय, प्राण, और मन में स्थित आत्मा ही जब उन में अभिमान कर लेता है, अर्थात् उन्हें अपना स्वरूप मान लेता है, तब उसका नाम 'जीव' हो जाता है। उस सूक्ष्मातिसूक्ष्म जीव रूप आत्मा की मूर्ति है-गुण और कर्मो से निर्मित लिङ्ग शरीर। उसको ही कहीं सूत्रात्मा कहा गया है, कहीं महत्तत्व। इसके अतिरिक्त उसके और भी अनेक नाम है। वही कालरूप परमेश्वर के अधीन होकर इस जन्म-मृत्यु रूप संसार में इधर-उधर भटकता रहता है। मन, वाणी, प्राण और शरीर ये सब अहङ्कार के कार्य है। यह अहङ्कार वास्तव में निर्मूल है, परन्तु

अज्ञान से देवता, मनुष्य आदि अनेक रूपों में इसकी प्रतीति होती है। अतः जो मननशील पुरुष उपासना से तीक्ष्ण किये हुए ज्ञानरूप खंड से इस अहङ्कार को, देहाभिमान को, काट डालता है, वह तृष्णा-रहित होकर, निर्भय होके पृथिवी में विचरण करता है।

संसार अत्यन्त दुःखमय है। दुःखों का मूलोच्छेदन उनके मूल निदान-अविद्या का उच्छेद हुए बिना नहीं हो सकता। अतएव अविद्या का विनाश हो एकमात्र पुरुषार्थ है। और परस्पर विरुद्ध होने के कारण, अविद्या का विनाश विद्या से ही हो सकता है। जिस विषयता अविद्या रहती है, उस विषय को विद्या (ज्ञान) उत्पन्न हो जाने से वह (अविद्या) नष्ट हो जाती है-यह बात अनुभव सिद्ध है। अतएव मुक्ति प्राप्ति का मुख्य साधन अध्यात्म-विद्या (आत्म-ज्ञान) है। आत्म-ज्ञान के बिना मोक्ष नहीं हो सकता। इसीलिए श्रुति कहती है कि-

'ऋते ज्ञानान्न मुक्तिः।'

इसीलिए ज्ञानका (आत्मज्ञान का) ही सबसे अधिक महत्व बतलाया गया है-

'न हि ज्ञानेन सदृशं पवित्रमिह विद्यते।'

इसी से महाभारत में कहा है कि-'जो मनुष्य बुद्धि से जीवों के आवागमन पर इस प्रकार शनैः-शनैः विचार करके उस विशुद्ध एव उत्तम आध्यात्मिक ज्ञान को प्राप्त कर लेता है, वह परम शान्ति को प्राप्त होता है -

'एता बुद्धा नरः सर्वा भूतानामागति गतिम्।
अवेक्ष्य च शनैर्बुद्धया लभते शमनं ततः।।10'

अत: ज्ञान की, आत्म-ज्ञान की, प्राप्ति ही परम पुरुषार्थ है। ज्ञान से ही मनुष्य के दु:खों का विनाश और मुक्ति लाभ होता है।

ज्ञान, अर्थात् आत्मा का ज्ञान अन्त:करण के शुद्ध हुए बिना-समस्त पाप-कर्मों के क्षय हुए बिना नहीं हो सकता। क्योंकि प्राणियों का अन्त:करण अनन्तानन्त वासनाओं से लिप्त रहता है। अन्त:करण की स्वच्छता ईश्वरार्पण बुद्धि से निज-निज धर्म का अर्थात् वर्णाश्रम के अनुसार अपने-अपने कर्तव्य कर्मों का अनुष्ठान करने से ही होती है। इसीलिए कहा है कि-

'ज्ञानमुत्पद्यते पुंसां क्षयात् पापस्य कर्मणः।
कषाये कर्मभिः पक्के ततो ज्ञानं प्रवर्तते।।'

अत: मोक्ष प्राप्ति का मुख्य साधन धर्म है। वह भी सकाम भाव से अनुष्ठान किया हुआ नहीं-अपितु निष्काम-भावनासे आचरित धर्म। क्योंकि सकाम-भाव से अनुष्ठित धर्म मनुष्य को तोमरे पुरुषायतक (अर्थात् काम तक) ही पहुँचा सकता है, वह मनुष्य को चतुर्थ पुरुषार्थ-मोक्ष तक नहीं पहुँचा सकता। अर्थात् सकाम भाव की गति तीसरे हो पुरुषार्थ तक होती है, अत: वह तीसरे पुरुषार्थ तक पहुँच कर, वहीं अवरुद्ध हो जाता है-चतुर्थ पुरुषार्थ, मोक्ष तक वह नहीं पहुँच सकता। इसीलिए श्रीमद्भागवत में शुक महर्षि ने इस बात को स्पष्ट कर दिया है। उन्होंने कहा है कि-

'धर्म आचरितः पुंसां वाड्मनःकायबुद्धिभिः।

लोकान् विशोकान् वितरत्यथाऽनन्त्यमसङ्गिनाम्।।' अर्थात् मनुष्य जब मन, वाणी, शरीर और बुद्धि से स्वधर्म का आचरण करता है, तो उसका वह धर्म उसे स्वर्ग आदि शोक-रहित दिव्य लोकों में पहुँचा देता है। और यदि वह धर्म-निष्काम भाव से अनुष्ठित किया जाय, तब तो फिर वह मनुष्य को अनन्त मोक्ष पद पर पहुँचा देता है।'

अन्त:करण में से त्रिगुणात्मक कर्मों की जड़-वासनाओं को उखाड़ फेंककर मोक्ष को प्राप्त कर लेना कोई साधारण काम नहीं, अत्यन्त ही कठिन है। उसके लिए सम्पूर्ण एषणाओं का पूर्ण त्याग अपेक्षित है। जो लोग ऋषिऋण, पितृऋण और देवऋण-इन तीनों से मुक्त हो जायें, और जिनकी पुत्रैषणा, वित्तैषणा एवं लोकषणाएँ शान्त हो जॉए तथा ईश्वरार्पण बुद्धि से निष्काम धर्म का अनुष्ठान करने से जिनका अन्त:करण विशुद्ध हो जाए-ऐसे लोकोत्तर पुण्यशाली महाभाग लोग ही मुख्यतया मोक्ष के अधिकारी होते है। इसी से मनु ने स्पष्ट कह दिया है कि-

'पहले विधिवत् अच्छी तरह से सब वेद-शास्त्रों का अध्ययन करके, धर्म-पूर्वक पुत्र उत्पन्न करके फिर विधि के अनुसार यज्ञ, यागादिका अनुष्ठान करके तब फिर मनुष्य को मोक्ष की ओर मनको लगाना चाहिए-

'अधीत्य विधिवद् वेदान् पुत्रांश्चोत्पाद्य धर्मतः।

इष्ट्वा च शक्तितो यज्ञैर्मनो मोक्षे निवेशयेत्।।11'

इसके विपरीत जिनकी तीनो एषणाएँ शान्त नहीं हुई है। और जिनका अन्त:करण स्वच्छ नहीं हुआ है, ऐसे भोगासक्त पुरुष मोक्ष के अधिकारी ही नहीं हो सकते। अत: ऐसे लोग अनेकानेक मोक्षोपायों का अनुष्ठान करने पर भी सिद्धि को नहीं प्राप्त कर सकते। अत: मोक्ष के विषय में भगवान् मनु का यह स्पष्ट आदेश है कि-

'तीनो ऋणों को पार करके, तब मन को मोक्ष की ओर लगाना चाहिए। इन ऋणों का संशोधन किये बिना जो मन को मोक्ष में लगाता है, वह पथभ्रष्ट हो जाता है- **'ऋणानि त्रीण्यपाकृत्य मनो मोक्षे निवेशयेत्। अनपाकृत्य मोक्षं तु सेवमानो व्रजत्यधः।।' (म. स्मृ. 6-35)।**

अतएव जो मनुष्य लोकाराधन में लगे रहते है-दिन-रात लोगों के चित्त का अनुरञ्जन करने में ही तत्पर रहते हैं, जो केवल एक भोजनाच्छादन की ही चिन्ता में निमग्न रहते हैं, और जो केवल अनात्म-बोधक शास्त्रों का ही पठन-पाठन किया करते है, अर्थात् अध्यात्म शास्त्रों का अभ्यास नहीं करते। और जिन्हें अत्यन्त रमणीय गृहों में ही (केवल विषयो में ही) प्रेम रहता है, ऐसे लोगों को मोक्ष कथमपि नहीं प्राप्त हो सकता। जो एकान्त-सेवी है, अपने प्रतका, नियमों का है, विषयों से विरक्त और अच्छी तरह से अध्यात्म-निष्ठ है, जो मन, वचन, कर्म से कभी भी किसी का अनिष्ट नहीं चाहता अर्थात् दूसरे का बुरा नहीं चाहता है, वही मोक्ष का अधिकारी है-उसी को मोक्ष प्राप्त होता है-

'एकान्तशीलस्य दृढव्रतस्य मोक्षो भवेत्प्रीति-निवर्तकस्य।

अध्यात्मयोगैकरतस्य सम्यक् मोक्षो भवेन्नित्य-महिंसकस्य।।12'

महाभारत में कहा है कि-

'त्रिवर्गो यस्य विदितः प्रेक्ष्य यश्च विमुञ्चति।

अग्विष्य मनसा युक्तस्तत्त्वदर्शी निरुत्सुकः।।13'

अर्थात् जिसको त्रिवर्ग का, धर्म, अर्थ और काम का, ठीक-ठीक ज्ञान है, जो खूब सोच-समझकर उनका परित्याग कर चुका है और जिसने मन के द्वारा आत्मतत्त्व का अनुसन्धान करके योग युक्त होकर आत्मा से भिन्न वस्तुओं के लिए उत्सुकता त्याग दी है-वही तत्त्वदर्शी है। अतएव बुद्धि के द्वारा कल्पित हुआ जो भेद है, वही हृदय की सुदृढ ग्रन्थि है। उसे खोल कर संशय रहित होकर ज्ञानवान् पुरुष को सुख से रहना चाहिए और कदापि शोक नहीं करना चाहिए।

●●●

समाप्ति नोट (Endnote):-

1. निर्वाणम्-प्रकृतिपाशान्मोचनम्। निर्वाण-सन्तापशान्ति।
2. (श्रीमद्भाग. 3-7-13)।
3. (4 स्कन्ध. 22-35)।
4. श्रेय = कर्मफलादि पुरुषार्थ। 'सत्व विशुद्ध श्रयते भवान् स्थितौ शरीरिणा श्रेय उपायन वपु.। श्रीधरी-श्रेयसा कर्मफलादिपुरुषार्थानाम्।।' (भाग. 10-2)
5. (भागवत 7-13-30)।
6. (वृ. दा. उ.)।
7. (शा. प. 215-2)।
8. इसी को 'विदेह-मुक्ति' भी कहते है।
9. (ऋग्वेदमाष्य भूमिका में-सायणाचार्य)।
10. (शा. पर्व 194-56)।
11. (म. स्मृ. 6-36)।
12. (आपस्तम्ब स्मृति)।
13. (शा. प. 94-57)।

सन्दर्भसूची

1 अभिमन्यु, मन्नालाल (सम्पा.). 2012. *अमरकोष.* चौखम्बा विद्याभवन. वाराणसी।

2. उपाध्याय, बलदेव. 1955. *वैदिक साहित्य और संस्कृति.* शारदा संस्थान. वाराणसी।

3 उपाध्याय, बलदेव. 1969. *संस्कृत शास्त्रों का इतिहास.* शारदा मन्दिर. वाराणसी।

4 कम्बोज, जियालाल (अनु.). 2004. *ऋग्वेद-संहिता.* विद्यानिधि प्रकाशन. दिल्ली।

5 गीताप्रेस (सम्पा.). 2008. *स्कन्धपुराण.* गीताप्रेस. गोरखपुर।

6 ज्ञानी, एस. डी (सम्पा.). 1964. *अग्निपुराण: एक अध्ययन.* चौखम्बा प्रकाशन. वाराणसी।

7 त्रिपाठी, श्यामसुन्दरलाल (सम्पा.). 2002. *वामनपुराण-हिन्दी टीकासहित.* खेमराज श्रीकृष्णदास प्रकाशन. बम्बई।

8 द्विवेदी, कपिलदेव. 2010. *वैदिक साहित्य एवं संस्कृति.* विश्वविद्यालय प्रकाशन. वाराणसी।

9 धरन, एन. गंगा (सम्पा.). 1984. *अग्निपुराण.* मोतीलाल बनारसी दास. दिल्ली।

10 पाण्डे, गोविन्द चन्द्र (सम्पा.). 2008. *ऋग्वेद-संहिता.* लोकभारती प्रकाशन. इलाहाबाद।

11 पाण्डेय, जनार्दन शास्त्री (सम्पा.). 1998. *मनुस्मृति.* मोतीलाल बनारसीदास प्रकाशन. वाराणसी।

12 पाल, विजय (सम्पा.). 1984. *कात्यायनीय-ऋक्सर्वानुक्रमणी.* रामलाल कपूर ट्रस्ट रेवली. सोनीपत. हरियाणा।

13 भट्टाचार्य, सिद्धेश्वर. 1973. *यजुर्वेद संहिता.* काशी हिन्दु विश्वविद्यालय. वाराणसी।

14 मुसलगाँवकर, गजानन शास्त्री. 1992. *मीमांसा दर्शन का विवेचनात्मक इतिहास.* चौखम्भा विद्याभवन. वाराणसी।

15 मैक्डानल, ए. ए (सम्पा.) एवं नाणावटी, राजेन्द्र (सम्पा.). 2001. *वेदार्थदीपिका.* भारतीय विद्याप्रकाशन. वाराणसी।

16 राज, कुनहन (सम्पा.). 1947. *ऋगर्थदीपिका.* अडयार पुस्तकालय।

17 वर्मा, वीरेन्द्र कुमार (सम्पा.). 1970. *ऋग्वेदप्रातिशाख्यम्.* चौखम्भा संस्कृत प्रतिष्ठान. दिल्ली।

18 वर्मा, वीरेन्द्र कुमार (सम्पा.). 2016. *ऋग्वेदप्रातिशाख्यम्.* चौखम्भा संस्कृत प्रतिष्ठान. दिल्ली।

19 शर्मा, राजेन्द्र (सम्पा.). 1985. *अग्निपुराण-भूमिका एवं पाठसंशोधन.* नाग पब्लिशर्स. दिल्ली।

20 शास्त्री, छज्जूराम (सम्पा.). 1963. *निरुक्त पञ्चाध्यायी.* मेहरचन्द लछमनदास पब्लिकेशन्स. नई दिल्ली।

21 शास्त्री, राकेश (सम्पा.). 2005. *मनुस्मृति.* विद्यानिधि प्रकाशन. दिल्ली।

22 शास्त्री, हरगोविन्ददास (सम्पा.). 1998. *अमरकोश.* चौखम्बा संस्कृत सीरीज. वाराणसी।

23 सहदेव, मञ्जुला. 1997. *वाल्मीकि रामायण का छन्द विश्लेषण.* नाग प्रकाशक. दिल्ली।

24 सातवलेकर, दामोदर (सम्पा.). 1983. *सामवेद-संहिता.* वैदिक स्वाध्याय मण्डल. पारडी।

www.ingramcontent.com/pod-product-compliance
Lightning Source LLC
LaVergne TN
LVHW100331181026
850499LV00039B/1040
* 9 7 8 9 3 9 3 1 9 3 3 6 0 *